AF137695

Rather

Tout est une question de choix

Élise IRRIBARRIA
FERNANDEZ

Loi n°49-956 du 16 juillet 1949 sur les
publications destinées à la jeunesse, modifiée
par la loi n°2011-525 du 17 mai 2011.

© 2024 Élise IRRIBARRIA FERNANDEZ
Édition : BoD · Books on Demand GmbH,
In de Tarpen 42, 22848 Norderstedt (Allemagne)
Impression : Libri Plureos GmbH,
Friedensallee 273, 22763 Hamburg (Allemagne)
ISBN : 978-2-3225-3508-8
Dépôt légal : novembre 2024

À mon papy

PROLOGUE

Elles étaient trois, et tout semblait les opposer. Trois lycéennes, chacune avec son caractère, mais un lien fort qui les unissait.

Mahlia Brown marchait souvent devant, comme si elle montrait le chemin. Avec ses yeux marron toujours curieux et ses cheveux bruns bouclés qui encadraient son visage hâlé, elle dégageait une impression de calme et de confiance.

À côté d'elle, Alice Peters attirait les regards. Sa peau très claire, presque transparente, et ses yeux vairons – l'un bleu, l'autre vert – la rendaient unique. Ses cheveux blonds très clairs, coupés au carré, lui donnaient un air sérieux. Elle parlait peu, mais ses mots avaient toujours un impact.

Clémence Myers, elle, semblait toujours de bonne humeur. Ses longs cheveux roux, très lisses, tombaient sur ses épaules. Son visage couvert de taches de rousseur et ses yeux noisette exprimaient une énergie joyeuse. Elle savait détendre l'atmosphère et faisait souvent rire les autres.

Elles étaient différentes, mais inséparables. Dans les couloirs du lycée ou lors de leurs moments entre elles, elles formaient un trio prêt à affronter tout ce qui les attendait.

CHAPITRE 1

« PREMIER SUJET »

15 novembre 3128. Environ 17:03. Sortie des cours pour Mahlia. Elle avait dix minutes de bus. Ce n'était pas grand-chose dix minutes. Le temps pour elle d'écouter trois ou quatre musiques et de répondre à quelques questions. Tu préfères "gagner un million d'euro" ou "doubler ta durée de vie" ? 40% pour la vie. "Pouvoir voir à travers les vêtements" ou "changer l'eau en bière" ? Elle rigole. 70% pour la bière. Ses réponses sont données. Envoyées. Sauvegardées. Elle a failli louper son arrêt. La jeune fille résidait dans un tout petit quartier assez reculé d'Orlando, mais son arrêt était à seulement deux minutes de marche de chez elle. Il peut se passer tellement de choses en cent vingt secondes. Plus elle plongeait dans le quartier, plus la route était sombre.

Une main, un souffle. Le noir. Un mouchoir empêchant l'air d'atteindre les poumons. Pas de temps pour les questions. Le noir. Le vide. Seulement un homme, vu la force, et le noir. Un bruit de métal comme seul souvenir. Une porte peut être. Mais pas le doux son rassurant d'une entrée de maison, non. Cela faisait peur, elle était tétanisée. Elle savait que ça n'allait pas. Que quelque chose était sur le point de tout changer. Très vite ou dans longtemps, peu importait, ça allait se produire. Ces longues minutes, ces gouttes de sueurs, ces battements de cœur irréguliers. Plus rien n'allait, tout était étrange. Sa gorge lui piquait, c'était surement le produit qui était sur le mouchoir.

Des voix. Deux voix, masculines. Ah, non. Trois, une voix féminine s'ajouta à la conversation. Tout ce que notre pauvre jeune fille arriva à déchiffrer est :

"Elle sera la première."

MAHLIA. 17ANS. PREMIER SUJET.

Un sommeil très profond. Ou un coma. Elle avait l'impression de tomber au fond de l'océan, que la pression l'empêchait de respirer. Puis le bruit de l'électrocardiogramme se fit entendre. Elle se sentait de plus en plus libérée. Elle reprit petit à petit le contrôle de ses sens : la vue, l'ouïe, le touché, l'odorat, puis la parole. Elle se vit dans une pièce qui ressemblait étrangement à sa chambre, tout était à sa place, mais en plus de ça il y avait une odeur d'hôpital et un électrocardiogramme. Elle était totalement nue sous les draps et elle sentait la bétadine. Un frisson de dégout parcouru son être : quelqu'un l'avait déshabillé et avait lavé son corps. Un homme avec une blouse d'un blanc neige entra dans la chambre. Elle serra le drap dans ses bras, elle le blottit contre elle. Les gestes du médecin étaient très rapides.

"Bonjour mademoiselle, il parlait tout en vérifiant le matériel de la chambre, ne me posez pas de question, je n'y répondrai pas. Vous êtes le sujet 001. Il se dirigea vers la porte. Reposez-vous."

Il sortit. Elle paniqua. Son souffle s'accéléra, elle n'arrivait plus à lâcher le drap. Elle s'y agrippait comme s'il était le dernier morceau de sa vie. Les larmes commencèrent à monter.

En une fraction de seconde sa vie avait basculé. Elle avait une aiguille dans le bras, des capteurs partout sur la peau, elle ne bougeait pas et osait à peine respirer. Elle remarquait une caméra dans le coin juste au-dessus de son armoire beige. Elle ne savait ni quoi faire, ni quoi penser. Elle était là, prisonnière dans cette pièce. Et puis, en réfléchissant elle se rendit compte qu'elle n'avait pas la moindre idée de là où elle était réellement, de la taille du bâtiment, de l'heure qu'il était, ou encore même du temps qui s'était écoulé depuis qu'elle avait fermé les yeux en descendant du bus. Elle savait juste qui elle était, et encore. Ils ne voulaient plus qu'elle soit Mahlia, mais "sujet 001".

Pourquoi ? Pourquoi "sujet" ? Beaucoup trop de questions sans aucune réponse trottaient dans sa petite tête. Le médecin lui avait ordonné de se reposer, mais tout le contraire elle était en train de faire. Et il le savait sûrement. Il gardait probablement toujours un œil sur elle grâce à cette maudite caméra. Mais dans quel but ? Elle commença à décontracter ses muscles et à relâcher le drap. Elle se coucha, la tête sur l'oreiller. Mahlia ferma ses yeux.

Puis elle paniqua. Elle ressentit les sensations qu'elle avait eu lors de son enlèvement. Elle ne pouvait fermer les yeux. Par la fenêtre elle vit que le soleil se couchait laissant place à la lune. Le noir. Les volets se fermèrent automatiquement. Elle n'entendait plus que son souffle, le battement de son cœur accordé au son robotique de la machine située à sa droite. Cette machine était la seule source de lumière de la pièce. Elle ne ferma pas l'œil de la nuit. Et d'ailleurs, depuis combien de nuits était-elle ici ? Quelqu'un frappa. Personne n'entra. La personne frappa de nouveau et avec une voix douce et timide demanda :

"Je peux entrer ?"

CHAPITRE 2

« Perte de mémoire »

18 novembre 3128. 06 : 04. Sophie ne cessait de pleurer sa fille disparue. La police n'avait pour le moment rien trouvé. La famille avait déjà subi un interrogatoire qui n'avait pas abouti à grand-chose, mis à part à une fourchette horaire qui correspondrait à l'heure de l'enlèvement : 17 : 00/18 : 00. C'est tout ce qu'ils avaient, mais c'était loin d'être négligeable.

Les amies de Mahlia et le chauffeur du bus seront entendus dans la journée. Personne ne descendait à l'arrêt de Mahlia, ce qui enlevait l'espoir de trouver un témoin. Elle était la seule du lycée à habiter le quartier. Quartier militaire. Son père est militaire. En mission depuis déjà quatre

17

mois, il ne sera pas de retour avant encore cinq mois. La mère de Mahlia ne l'a toujours pas prévenu. Le retard des lettres de sa fille finira par l'inquiéter. Mais elle était loin d'être prête à expliquer ce qu'il s'était passé à qui que ce soit. Arrivera-t-elle à lui dire ? Ou attendra-t-elle qu'il demande quelque chose, qu'il se pose des questions ? Sophie déconnecta son téléphone.

Clémence et Alice se rendirent au poste aux alentours de 14 : 00. Elles furent tout d'abord interrogées ensemble, puis séparément. Une fois installées dans la salle, les filles réalisèrent que leur amie avait bel et bien disparu. L'inspecteur entra. Il était grand, souriant, rassurant.

"Bonjour. J'ai conscience que ce moment peut-être très compliqué pour vous. On va y aller doucement, prendre tout le temps nécessaire, ça vous va ? Elles hochèrent la tête. Parfait, qui est Mahlia pour vous ? Il utilisait le présent pour enrichir l'espoir des filles.

- C'est ma meilleure amie depuis quatorze ans. On a grandi ensemble, elle est comme ma sœur. Sa maman peut m'engueuler comme elle le ferait avec elle. Sa famille est ma deuxième famille, je connais ses grands-parents, ses taties, tout le monde. On ne passe pas un week-end sans se voir. Pas une seule vacance sans partir quelque part ensemble. Je me suis toujours demandée ce que je ferai sans elle. Et aujourd'hui elle n'est plus là... Elle marque une pause et baissa la tête, je me sens perdue, brisée. Où est-elle ? Un blanc voulut s'installer, Clémence prit l'initiative de reprendre :

- Je la connais depuis cinq ans. Peut-être six. J'ai rencontré Alice et Mahlia en entrant au collège, et depuis on ne s'est jamais quittées." L'inspecteur fit un bref signe de la tête. Les deux jeunes filles étaient vraiment très différentes. L'une avait l'envie, le besoin d'être écoutée, rassurée, comprise. L'autre était plutôt sur la défensive, pourquoi ? Avait-elle quelque chose à se reprocher ?

"Savez-vous ce qu'elle avait l'habitude de faire le soir en rentrant chez elle après les cours ? Rentrait-elle directement ? Avait-elle certaines habitudes ? Faisait-elle des choses que nous devrions savoir ?

- Je ne sais pas vraiment si c'est intéressant pour l'enquête, mais on se voyait très souvent le vendredi soir, soit chez l'une, soit chez l'autre ça dépendait. Le week-end on sortait beaucoup, ce qu'elle aimait le plus c'était les lieux abandonnés : grange, maison, parking, usine, mais ce qu'elle aimait par-dessus tout, c'était les immeubles et les anciens laboratoires. Elle disait qu'elle aimait ne pas savoir ce qu'elle va découvrir à l'étage supérieur. Et pour les laboratoires ça la passionnait de ne pas savoir ce qu'il s'était passé et de pouvoir l'imaginer. C'est Clémence qui avait commencé cette fois-ci. Alice continua :

- Tous les soirs, après avoir mangé on s'appelait pendant au moins une heure, même si on avait passé la journée ensemble on avait des choses à se dire. L'enquêteur les remercia.

- Avez-vous la moindre idée de qui aurait pu faire ça ? Alice et Clémence se regardèrent, elles avaient déjà longuement réfléchi à la question, en vain. Elle n'avait pas une énorme popularité, mais n'avait de problème avec personne. Les filles, si vous apprenez quoi que ce soit qui puisse faire avancer cette affaire, je reste joignable."

Il leur donna une carte avec son numéro. Clémence se leva pour laisser Alice seule. L'inspecteur resta à sa place. Il reprit ses notes, réfléchit. Tout était flou. Il émit l'hypothèse qu'elle avait été enlevée, voire même tuée. Tant qu'on ne la revoyait pas, ou qu'on n'avait pas retrouvé son corps, cette affaire allait rester compliquée. Il interrogea Alice seule, mais qu'attendait-il d'elle ? Elle était aussi surprise et bouleversée que tout le monde. Ce fut ensuite au tour de Clémence, mais toujours rien de solide.

Il avait quand même un mauvais pressentiment. Il demanda à son collègue si il pouvait interroger lui-même le chauffeur afin d'établir des liens entre les deux interrogatoires. Il refusa, mais lui proposa de suivre l'interrogatoire de l'extérieur. C'était mieux que rien. Pendant que l'officier posait ses questions, le chauffeur semblait stressé, il tapait son pied par terre, il serrait ses mains. Cela intrigua les inspecteurs. Ils lui posèrent des questions sur son métier. Il semblait beaucoup plus détendu, jusqu'à ce que le prénom de la jeune fille apparaisse dans la conversation.

Il eut seulement le temps de dire qu'il avait l'habitude de voir Mahlia monter dans le bus tous les soirs, à la même heure. Il s'écroula sur la table. Comme assommé par la fatigue. On ne put le réveiller.

Quand les policiers chargés de l'enquête se rendirent chez Sophie pour la tenir au courant de leurs hypothèses, quelque chose d'irrationnel arriva : elle semblait sortir d'une grosse sieste, et n'avait aucune idée de pourquoi ces messieurs étaient là. Elle n'avait aucun souvenir de l'affaire, ni même de sa fille. Elle venait d'oublier sa fille disparue et cela en moins de vingt-quatre heures.

Au même moment, l'inspecteur ayant assisté à l'interrogatoire du chauffeur se rendait à l'hôpital pour prendre de ses nouvelles. Plus rien. Il ne se souvenait pas de Mahlia. C'était donc le deuxième. L'inspecteur se sentit d'abord mal à l'aise, il eut des sueurs chaudes. Cette histoire virait au paranormal. Il se posa et essaya de réfléchir mais aucune solution rationnelle ne lui vint. Toutes les personnes proches de Mahlia avaient subi une sorte de lavage de cerveau, sauf Clémence qui semblait être la seule à avoir gardé tous ses souvenirs, elle était donc une pièce très précieuse dans cette enquête. De plus, personne n'avait de nouvelles d'Alice.

CHAPITRE 3

« Loanna »

Mahlia répondit doucement, timidement : « Oui entrez... »Une femme. Brune, d'une trentaines d'année portant une blouse d'infirmière. D'apparence calme et douce... A la surface seulement. En vérité, ses yeux la trahissaient. Mal à l'aise, cette femme avait peur.

- Mademoiselle... ? Sa voix tremblait. Elle referma la porte, je suis là pour vous donner vos nouveaux vêtements et la clé de votre salle de bain qui se trouve au fond de la pièce. Elle posa le paquet sur la petite commode ce qui la rapprocha de Mahlia. Elle avait l'air de moins en moins rassurée.

- Madame ? Un homme est venu ici il m'a dit qu'il ne pouvait répondre à aucune question, vous avez le droit de répondre à mes questions vous ? Vous savez où on est ? Je suis malade ? Quelqu'un a essayé de venir me voir ? Pourquoi je suis seule ? Qui m'a déshabillée ? Pourquoi je suis ici ? Madame ? Le ton de Mahlia montait au fur et à mesure de ses questions. Son regard devenait de plus en plus noir. Répondez-moi ! Elle fixait la pauvre infirmière qui, elle, n'osait même plus respirer.

5...

4...

3...

2...

1... Elle lui sauta au cou et une fraction de seconde plus tard, plus rien.

* * *

Mahlia ouvrit doucement les yeux. Elle avait une migraine atroce. Elle se retourna pour chercher s'il y avait un bouton pour appeler quelqu'un, mais rien. Pire encore, elle était menottée au lit. Elle ne pouvait plus se lever et pouvait à peine bouger. Les larmes montèrent à ses yeux, puis roulèrent le long de ses joues.

Quelqu'un frappa à la porte et sans attendre l'autorisation de la jeune fille, il entra. Cet homme était vêtu d'un costard gris, très moderne, en nid-d'abeilles. Il était propre sur lui et transpirait la confiance en soi. C'est d'ailleurs à cause de ça que Mahlia ne se sentit pas à l'aise, elle pensa qu'il n'était pas la personne en qui elle pouvait placer sa confiance. Il prit la parole :

"Demoiselle je suis le directeur de ce laboratoire, ne vous fatiguez pas à poser des questions maintenant je vais vous dire tout ce que vous avez à savoir. Ce laboratoire est situé au beau milieu d'une forêt, je ne sais pas si vous connaissez la Taïga de Sibérie orientale mais c'est là où nous sommes. C'est une forêt très peu fréquentée à cause de sa flore bien trop dense et de sa faune inconnue des spécialistes. Ne vous inquiétez pas, le domaine est bien protégé rien ne vous arrivera tant que vous serez à l'intérieur. De plus nous sommes situés sur la côte Est de la Russie et la ville la plus proche et à bien des kilomètres d'ici. Ce que j'essaie de vous faire comprendre c'est qu'il vous est impossible de vous échapper. Cela étant dit, je peux donc passer à la suite, beaucoup plus intéressante que tout ce baratin. Je vais donc vous expliquer le but et les règles de cet institut. Vous connaissez l'application "tu préfères ?", c'est grâce à elle que vous êtes ici. Beaucoup de personnes vont vous rejoindre, tous entre 15ans et 25ans. Je pense que vous n'êtes pas encore prête à savoir ce qui se cache derrière la porte bleue au fond du couloir. Ne cherchez pas à la franchir, elle est verrouillée et toutes les alarmes se déclencheraient. Finissons donc par les règles : plus vous vous comporterez bien, plus vous aurez de privilèges ; plus votre comportement se dégradera, plus vos droits seront réduits. A vous de choisir demoiselle. Vous avez agressé votre infirmière, n'est-ce pas ? Elle acquit d'un hochement de tête. Vu les événements dans lesquels vous avez été impliqué ces derniers jours, c'est excusable. On a changé votre infirmière, tachez de faire attention à elle, c'est la dernière que vous aurez. Elle est là pour prendre soin de vous. Ce n'est pas elle la méchante."

Il tourna les talons avec un sourire malsain au coin de la bouche, et partit. Une dame, infirmière pensa Mahlia, entra. Elle lui sourit. D'une voix douce la dame lui dit :

"Je m'appelle Loanna, tu peux m'appeler Lo si tu veux. Vaut mieux qu'on s'entende bien, je ne sais pas pendant combien de temps on sera ici. Je suis comme toi, ou presque. Je n'ai pas vraiment choisi d'être ici. Je n'ai aucune info de plus que toi. Je suis désolée.

- Je... euh... j'ai envie... de prendre une douche, c'est possible ?

- Oui ma puce, je vais leur demander la clé de ces maudites menottes. Tu n'es pas dangereuse, tu as juste peur. Tu peux me faire confiance Mahlia, vraiment, mais je ne t'oblige à rien."

Elle sortit de la chambre, quand la porte se ferma on entendit un claquement, Mahlia voulu s'avancer vers la sortie, mais elle était attachée. Elle resta donc couchée sur ce lit puant l'hôpital. Elle était si impatiente de pouvoir sentir l'eau chaude couler sur sa peau. La poignet bougea. L'infirmière entra. Elle avait dans ses bras la clé, deux serviettes, plusieurs savons et shampoings. Elle laissa paraître un joli sourire.

"Voilà pour toi jeune fille, dit Lo en s'avançant pour défaire les menottes de la petite, prends ton temps c'est pas toi qui paie l'eau de toute façon." Elles rigolèrent.

Quand Mahlia sortit de sa douche elle remit sa robe de chambre d'hôpital, même si elle n'aimait pas la porter. Elle sortit de la salle de bain, une serviette sur les cheveux. Pas de maquillage, pas de sèche-cheveux, encore moins un lisseur. Elle leva les yeux au ciel.

"Je suis ici pour je ne sais combien de temps, au tant que je prenne mes marques et mes habitudes, Loanna fut surprise par la prise de parole soudainement lucide de Mahlia, je me demande juste comment sont mes proches actuellement. Mes amies aussi, Alice et Clémence me manquent. Je me sens seule, sans vouloir vous offenser. Je ne sais depuis combien de temps je suis enfermée dans cette minuscule pièce et je ne sais quand je pourrai de nouveau sentir la chaleur du soleil sur ma peau. J'espère que d'autres personnes vont vite rejoindre le..., elle marqua une pause, *labo*."

CHAPITRE 4

« Où est Mahlia ? »

Mathieu, notre inspecteur, se posait mille questions à la seconde. Qui jouait un rôle dans cette affaire ? En qui placer sa confiance ? À qui poser des questions ? De qui tirer de véritables informations ? Il en oubliait presque que ce n'était pas à lui de donner des réponses.

Presque une journée entière sans nouvelles d'Alice. Clémence, qui avait l'air jusqu'ici d'être la plus forte, était dévastée. Elle ne voulait plus sortir de sa chambre, elle était enroulée dans sa couverture et refusait quel repas que ce soit. Elle ne voulait voir et parler à personne.

Mathieu pensa qu'Alice avait peut-être subi le même sort que Mahlia. Enlevée ? Tuée ? Pour le moment il ne pouvait rien affirmer. C'était peut-être qu'une fugue. Mais en tout cas, elle n'était plus là.

Clémence était la personne à protéger. Mathieu se rendit chez elle et parla à ses parents. Il leur expliqua son hypothèse et leur confia qu'il était inquiet pour la sécurité de Clémence. Peut-être qu'il s'inquiétait pour rien, cependant il préférait garder un œil sur elle pendant encore quelques temps. Les parents comprirent tout à fait, et furent heureux que quelqu'un prenne en main la protection de leur fille.

Des caméras furent placées aux quatre coins de la maison, une équipe de cinq personnes fut mise en place pour surveiller Clémence nuit et jour. Une personne fut engagée pour la suivre à chaque fois qu'elle quitterait son domicile. Toutes ces précautions ne firent qu'augmenter la peine de la jeune fille. Ses meilleures amies avaient disparu et elle était surveillée 24h/24.

* * *

Mathieu était dans son appartement à faire les cent pas, les mains sur la tête. Tout était flou, tout semblait être irrationnel et inexplicable. C'était la première fois qu'une histoire lui prenait tant la tête. Il y pensait nuit et jour. Il avait du mal à s'endormir. Et le pire, c'est que malgré toutes ces réflexions, il ne trouvait aucune explication à tous ces événements.

Il repartit au poste et s'installa à son bureau. Il prit une feuille et fit un schéma de tout ce qu'il savait. Ce qui ne lui prit pas tant de temps que ça...

* * *

Alice courrait. Elle sentait quelqu'un derrière elle. Ses poumons la brûlait. Elle s'enfonçait dans une forêt dense. Elle ne savait pas où aller, mais elle y allait. Quelqu'un lui coupa la route à environ deux mètres devant elle. Elle se stoppa net. Ce qui laissa le temps à l'homme qui la suivait de rattraper le retard qu'il avait pris. Le sentant non loin d'elle, elle partit se cacher derrière un arbre, et mit la main devant sa bouche pour étouffer le bruit de son souffle.

Quelques secondes s'écoulèrent pour qu'un homme vêtu de noir surgisse devant elle. Elle voulut hurler, mais aucun son ne sortit de sa bouche. L'homme s'approchait lentement d'elle. Elle se baissa et partit en courant. Dommage. Une racine, l'a fit tomber et se cogner la tête. Plus *rien*.

Au même moment Clémence eu comme un flash. Elle voyait ses amies séquestrées, maltraitées. Elle se leva de son lit et partit de chez elle dans la même seconde. Elle fit le tour de la ville en quête du moindre indice, du moindre signe de vie. Elle marchait vite, son souffle était court. Elle ne savait ni où regarder, ni même la nature de ce qu'elle cherchait.

Elle rentra la tête la première dans l'abdomen d'un grand homme. Elle releva la tête et s'excusa, sans même prêter attention à qui elle parlait. Elle voulut repartir mais l'homme l'attrapa par le bras. C'était Mathieu.

"Clémence ? Qu'est-ce que tu fais ici ? Toute seule ? À cette heure ? Tu n'as pas conscience du danger que cela représente ? Il était furieux.

- Je ne peux pas rester sans rien faire ! Elles ont besoin de moi !

- Et tu comptes faire quoi exactement jeune fille ? La police n'a aucune idée d'où elles sont actuellement et toi tu penses arriver comme ça, avec ton joli petit sourire et sauver le monde ? Protège-toi avant de penser à les sauver. Évite plus de drame s'il te plaît. Je te raccompagne chez toi."

Elle soupira. Il avait raison et elle le savait. Mais elle ne voulait pas abandonner. Quitte à risquer quelque chose. De toute façon, elle était maintenant seule, à quoi bon rester dans sa chambre à attendre. Et puis, attendre quoi exactement ?

Pendant le chemin ils n'échangèrent aucun mots. Le silence en était même lourd. Elle se sentait mal à l'aise.

"Clémence, j'ai peut-être trop élevé le ton tout à l'heure. J'en suis désolé. Mais tu sais, je ne vais rien te cacher, cette enquête est déjà vraiment compliquée, je ne souhaite pas qu'il y ait d'autres disparitions. Et d'après mes déductions, tu serais la prochaine sur la liste, du moins s'il y en a une, il parlait de ces inquiétudes d'un air totalement déboussolé, et ce n'est qu'une déduction car comme je te l'ai dit, cette histoire est la plus complexe que j'ai eue depuis mes débuts. Alors s'il le faut il n'y a aucun lien. Mais bon, fais attention à toi.

- *Promis.*" Elle tourna les talons et rentra chez elle. Une fois la porte fermée, elle fila dans sa chambre et alluma son ordinateur. Elle regarda toutes les photos qu'elle avait d'elle et de ses amies. Elle chercha une explication, rationnelle d'abord, puis ses pensées s'éparpillèrent de plus en plus. Elle s'imaginait un tas de scénarios, tous plus incohérents les uns que les autres.

Puis elle repensa à ce que Mathieu lui avait dit : il pensait qu'elle était la prochaine. Une vague de chaleur lui monta à la tête. Clémence imagina quelqu'un en train de la surveiller, elle regarda tout autour d'elle en pensant se rassurer. Elle se sentit égoïste de s'inquiéter pour elle alors que ses amies étaient... D'ailleurs où étaient-elles ?

CHAPITRE 5

« UNE QUESTION DE CONFIANCE »

Mahlia et Loanna discutaient depuis un bon moment déjà. Mahlia lui avait confiée beaucoup de choses parce que, pour elle, les amis partagent leurs secrets et Loanna allait peut-être être sa seule et unique amie pendant un long moment. Elle avait réussi à mettre de côté toute cette atmosphère oppressante et à donner sa confiance. Bonne, ou mauvaise idée ?

Quelqu'un frappa à la porte. Les deux femmes arrêtèrent instantanément leur conversation. Le coeur de Mahlia s'emballa encore une fois. La personne frappa une seconde fois. Mahlia lui dit d'entrer. Un homme se montra poussant un plateau repas. La jeune fille relâcha ses muscles tendus et laissa même apparaître un sourire sur son magnifique visage, bien que marqué par la fatigue et la peur.

Elle mangea sans grand appétit. Lorsqu'elle proposa un bout de viande à Lo, cette dernière refusa. Elle lui expliqua que les membres du personnel avaient interdiction de toucher à ce qui était donné aux sujets. Mahlia ressentit comme un goût amer dans sa bouche. Son cœur s'accéléra. Pourquoi n'avaient-ils pas le droit d'y toucher ? Était-ce empoisonné ? Elle recracha tout d'un coup et courut vomir dans la salle de bain.

Dans la seconde qui suivait, le directeur était dans la chambre.

"Pourquoi avez-vous recraché ? Elle ne sut quoi répondre, et qu'est-ce qui vous a donné envie de vomir ?

- Je ne sais pas, j'ai eu un mauvais... Euh, comment dire ça ? Pressentiment.

- N'avez-vous donc pas confiance en moi ?

- Comment pourrais-je ? Je ne vous connais pas.

- C'est vrai, demoiselle, mais vous allez bien être obligée. Ici, c'est moi le chef, et si vous continuez ce petit jeu avec moi ça ne va pas le faire, vous n'allez pas faire long feu. Vous n'allez pas tenir longtemps. Avant même qu'il ne puisse dire autre chose elle lui coupa la parole.

- Comment ça ? Ça veut dire quoi ne pas tenir longtemps ? Enfin, dans quel sens ? Essayez vous de me menacer ? Vous allez me faire quoi ? M'enfermer ? Me priver de toute liberté ? Me donner à manger quelque chose dont je ne connais même pas la provenance ??

- Mais enfin ma jolie ce n'est pas un jeu ici. Beaucoup vont y perdre, il sourit. Loanna je vais vous demander de bien vouloir quitter la pièce et de me suivre. Notre petite a besoin de se retrouver seule afin de pouvoir se remettre en question. Enfin mon but est surtout de lui montrer qui est le patron ici. Et puis, ça sera bientôt l'heure des tests, et vu comment elle est partie, je pense qu'elle ne les passera même pas, il rigola, pas la peine de vous attacher à elle, Loanna."

C'est sur ces belles paroles que le directeur partit, prenant Loanna part le bras pour l'amener avec lui. Loanna regarda Mahlia d'un air désolé mais n'eut pas le courage, ni la force à vrai dire, de s'opposer au directeur. La jeune fille aurait dû être complètement paniquée après le discours du charmant contremaître. Mais pas du tout. Elle avait pris ses remarques comme un certain défi. Elle allait surmonter ses tests, quels qu'ils soient.

En sortant de la chambre le directeur regarda Loanna avec un regard aussi noir que le pelage d'une panthère. Il la plaça face à lui avant de dire :

"Vous n'êtes pas autorisée à sympathiser avec les sujets, encore moins avant le passage des tests, il leva les yeux en l'air, celle-là m'a l'air beaucoup plus compliquée à gérer que ce que je ne me l'étais imaginé. On va devoir redoubler d'attention et ne pas la lâcher." L'infirmière baissa la tête, elle était triste d'être obligée d'avoir un comportement froid avec la petite, elle n'avait rien demandé. Mais elle savait que le moindre écart lui coûterait cher. Très cher.

Mahlia se coucha et décida de se perdre au fin fond de ses pensées. Et la première chose à laquelle elle pensa la rendit triste. Ses amies. Clémence et Alice. Allaient-elles bien ? Étaient-elles inquiètes ? Elles lui manquaient. Elle finit par s'endormir, vers 15h00. Elle était tellement épuisée qu'elle tomba comme une pierre, la bruit de l'électrocardiogramme lui servait de berceuse. *Charmant.*

À 01h30 elle fut réveillée par le directeur et toute une équipe d'hommes en blouse blanche et au regard vide. Loanna se tenait derrière toute cette petite troupe. Elle ne semblait pas être à l'aise. Elle semblait même se questionner. Son regard parcourrait la pièce de haut en bas, de gauche à droite. De plus, elle évitait le regard de la jeune fille, principale concernée par tout ce petit monde. Qu'allait-il se passait ? Le directeur s'avança et commença à parler. Mahlia leva les yeux au ciel.

"Demoiselle vous allez devoir vous lever. Rapidement s'il vous plaît. Nous n'avons aucunement le temps de discuter avec vous. Il tourna les talons mais...

- Non ! Je ne bougerai pas d'ici sans explications. Il se retourna. Bouche bée.

- Personne ne vous a vraiment demandé votre avis. Si vous n'êtes pas prête à coopérer nous vous ferons obéir de force. Cela ne pose aucun problème au personnel de l'établissement."

Elle ne bougea pas l'orteil. Le directeur l'a regardé dans les yeux pendant de longues secondes jusqu'à ordonner aux hommes en blouse blanche de s'occuper d'elle. Il n'eut qu'à dire "Allez-y" pour qu'ils se mettent en œuvre.

"Tout se passe trop rapidement ici" pensa-t-elle. Elle leva, encore une fois, les yeux au ciel.

Les hommes l'obligèrent à se lever. Elle s'y opposa et ne voulait surtout pas craquer, mais malgré tout, une petite partie d'elle avait très envie de savoir ce qui l'attendait alors elle priait pour que les hommes réussissent à la faire bouger de force. Elle voulait montrer sa mésentente, mais sa curiosité était trop forte.

Lentement et la tête haute, elle se leva. Elle poussa un homme avec un coup d'épaule pour se frayer un chemin. L'homme ne réagit pas, tel un robot. Mahlia se rendit dans la salle de bain pour se changer. Elle prit tout le temps qu'elle pouvait, elle se moquait bien de ce que les autres pouvaient penser, qu'allaient-ils lui faire de plus ? Vue sa situation actuelle, elle n'avait presque plus rien à perdre.

Elle sortit et son cœur commença à s'emballer. Elle n'aimait pas ça. Elle se sentait faible et n'avait plus le contrôle d'elle-même. Elle pensa même à retourner dans son lit et à ne plus bouger. Mais elle ne pouvait pas. Elle ne contrôlait plus rien : ses émotions, ses battements de cœur, ses gestes. La panique prit soudain le dessus, ses joues devinrent brulantes mais très rapidement elle se reprit en main. Elle était plus forte que ça. Elle était plus forte que tout. Elle releva la tête, fronça les sourcils et se dirigea vers la porte. Une fois dans le couloir, deux hommes ouvrirent la marche, tandis que deux autres étaient à sa droite ainsi qu'à sa gauche, et trois étaient derrière elle. Elle était obligée de les suivre. Le couloir lui paraissait infini. Elle ne savait à quoi s'attendre, elle ne savait quoi penser. Arrivée devant la porte elle sentit son estomac se nouer. Puis les hommes devant elle ouvrirent la porte bleue du fond du couloir.

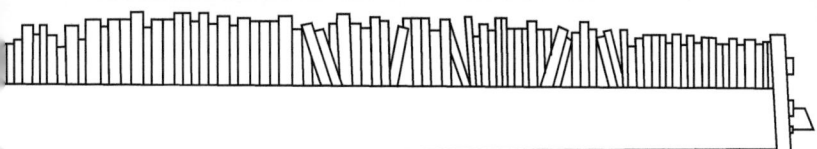

CHAPITRE 6

« L'OMBRE »

Clémence s'était endormie pendant plusieurs heures. Elle se réveilla le jeudi matin. Un regard par la fenêtre, une ombre humaine juste derrière l'arbre. Rêvait-elle ? Elle doutait. Elle ferma les yeux. Deux secondes s'écoulèrent. Elle les re ouvrit. Rien. Mis à part les buissons qui bougeaient. La jeune fille secoua la tête. Elle enfila une veste et descendit prendre son déjeuner dans la cuisine.

Ses parents et son frère, étaient déjà en bas. Vincent lui sourit. Il sait, ou du moins il essaie d'imaginer, ce que ressent actuellement sa petite sœur. Il était en Allemagne pour s'installer lorsque sa mère l'a appelé pour le prévenir de la situation.

Il a sauté dans le premier avion afin de venir soutenir et protéger sa sœur.

« Salut toi ! T'as bien dormi cette nuit sœurette ?

- Salut Vince, bah il y a mieux comme nuit quand même et puis ce matin... Euh non rien.

- Tu vas au lycée aujourd'hui ou pas ? Si tu ne te sens pas d'y retourner aujourd'hui ne t'inquiète pas Clem, je te ferai un mot. Dit sa mère.

- Si, si, je veux y aller. Ça sert à rien que je m'enferme dans ma chambre. Et puis ça me changera sûrement les idées. Vu combien de policiers surveillent mon ombre cela devrait bien se passer.

- Je t'amène ! Ce n'est pas discutable. On part dans 30 minutes. » finit par dire Vincent.

Clémence commença à débarrasser son plateau. Elle monta dans sa chambre attrapa des affaires et fila dans la salle de bain. Pour elle aujourd'hui c'était jean et sweat à capuche piqué à son frère. Elle lissa ses cheveux, se maquilla un petit peu et repartit dans sa chambre se chausser. En sortant elle se cogna à son frère :

« Eh mais Clem ! C'est à moi ça ! » Elle fit mine de ne pas comprendre et lui sourit. Elle enfila ses baskets noires, attrapa son sac à dos Fjällräven jaune et rejoignit son frère qui avait commencé à faire tourner la voiture.

43

Contrairement à ce qu'on aurait pu croire, le trajet fut loin d'être silencieux. Clémence posait mille et une questions à son frère sur sa nouvelle vie en Allemagne. Il lui manquait, c'était évident. Mais elle savait très bien que tôt ou tard, chacun devait partir faire sa vie de son côté. Ils étaient plus qu'à quelques minutes du lycée, Clémence commença à pâlir.

« Eh Clem ! On peut toujours faire demi-tour si tu le veux, hein.

- Non, non, ça va aller. Tu manges avec moi ce midi ? Je termine à 12 : 30.

- Pas de problème je serai là. Kebab ou chinois ?

- Chinois ! »

Puis elle sortit de la voiture et se dirigea vers l'établissement. Une ombre derrière l'escalier. Elle ressemblait étrangement à l'ombre de ce matin. Elle revint à la raison : toutes les ombres se ressemblent. Une fois dans le bâtiment, tous les regards étaient sur elle. La jeune fille ne baissa pas la tête pour autant et se dirigea directement vers sa salle de biologie. Arrivée devant la salle elle put enfin souffler. Une main se posa sur son épaule. C'était Flavien. Un garçon qu'elle connaissait depuis la primaire et qui avait souvent été dans sa classe. La première chose qu'il lui demanda c'est si elle allait bien, elle répondit d'un sourire. Il ne s'attendait pas à plus. La sonnerie retentit.

*   *   *

12 : 26. Clémence pensait à la nourriture qui l'attendait. C'était la fin du cours d'anglais. Tout le monde sortit en disant « good bye ». La professeure retint Clémence, c'était à prévoir. Elle lui demanda comment ça allait, lui dit que si elle a besoin de parler elle peut venir vers elle. La jeune fille la remercie par politesse, mais elle n'a absolument pas envie de parler à sa prof principale.

Elle trottine dans les couloirs pour rejoindre son frère. Il l'attend exactement au même endroit où il l'a laissé ce matin. Juste derrière la voiture, l'ombre. Qui ressemble plus à un jeune homme d'ailleurs. Elle regarda tout autour d'elle : il y avait une bonne dizaine de gardes. Aucun d'entre eux ne voyait cette personne ? C'était bien étrange.

« Salut Vince, ça va ?

- Bien et toi ? Comment ça s'est passé ce matin ?

- Plutôt oui, mais comme d'habitude, c'était long. Et j'ai faim. » Vincent démarra la voiture. En allant vers le centre-ville, Vincent sentit que Clem était ailleurs. Il se demanda si l'étouffer de questions encore une fois était la meilleure des solutions. Il laissa couler, à contre-cœur.

Ils arrivèrent dans un petit restaurant chinois pas loin du lycée de la petite. Une fois à table, Clémence appela sa mère pour lui dire qu'elle n'irait pas en cour cette après-midi parce qu'elle devait absolument voir l'inspecteur Mathieu. Sa mère approuva et comprit la position de sa fille.

Une fois le repas fini, Vincent conduit sa petite sœur au commissariat. Il lui proposa de l'accompagner, elle déclina gentiment expliquant à son frère qu'elle préférait être seule.

Elle se retrouva dans le bureau de Mathieu, il était très étonné de la revoir si tôt. Une fois toutes les formules de politesse passées, ils entrèrent dans le vif du sujet.

« Inspecteur, je crois sincèrement qu'une ombre me suit depuis ce matin. Une ombre ça fait bizarre à dire comme ça. Mais je vous jure que c'est vrai. Je pense que c'est un homme, enfin ça avait plus les traits d'un homme. Du moins un jeune garçon. 12 ou 13 ans je sais pas trop. Les cheveux bouclés je crois, beaucoup de cheveux. Pas très grand, plutôt mince. J'ai aperçu les traits de son visage mais absolument pas les détails, j'ai juste vu ses yeux étinceler. A chaque fois il disparaissait comme un coup de vent. Vu le nombre de gardes qui me surveillent et me protègent je comprends pas comment il a fait pour ne pas être vu.

- Je n'ai qu'une question, mais elle est réellement sérieuse Clémence.

- Oui ? Elle écoutait comme si sa vie en dépendait. Mais malheureusement , sa vie en dépendait réellement.

- Es-tu sûre de ce que tu avances ?

- Encore plus que certaine.

- Très bien. On va mettre en place plusieurs choses afin de pouvoir essayer d'avoir des images de lui. Tout d'abord je vais prévenir l'équipe chargée de ta protection. D'ailleurs je vais la renforcer, cinq agents supplémentaires et cinq autres qui auront pour tâche de trouver cet individu.

- Jamais j'aurai pu imaginer vivre une pareille histoire. On dirait un de ses livres que j'adore lire, plein de suspens, d'intrigues et de paranormal. Je pense que je n'arriverai plus jamais à lire ce genre de livre maintenant.

- Je suis là Clémence, tu peux avoir confiance. On ne va rien lâcher. »

CHAPITRE 7

« LA PORTE VERS L'EXTÉRIEUR. »

Mahlia avait le cœur qui battait à une allure incroyable. Pourtant elle gardait la tête haute et ne laissait transparaître aucun signe de faiblesse. Pourtant, si vous saviez à quel point elle avait envie de repartir en courant dans son lit et se mettre sous sa couverture pour se protéger de tous les monstres qu'il y a sous son lit. Mais elle ne pouvait pas. Elle devait rester là, avec les monstres à seulement 50 centimètres d'elle.

Un des hommes, si ils étaient réellement humains, poussa la porte. C'est à ce moment précis que la jeune fille comprit que les quelque jours qu'elle venait de passer n'étaient que la préface de ce qui l'attendait.

Des machines, des ordinateurs, des capteurs un peu partout. Des sons électroniques, trop de sons même, la tête de la petite brunette commença à tourner. Elle ne trembla pas pour autant. Elle savait qu'elle était forte, elle savait que cette épreuve n'était rien d'autre qu'une passe. Elle aperçut un garçon à quelque mètres d'elle sur la droite. Quand elle voulut se diriger vers lui, tous ses gardes se tournèrent vers elle afin de la bloquer et de la retenir. Tous ces mouvements attirèrent l'attention du jeune homme et, malheureusement, du chef. Il se précipita vers elle.

" Qu'a-t-elle fait encore ? il hurlait presque.

- J'ai rien fait ! J'ai vu le garçon là bas, étant donné que ça fait je ne sais combien de jours que je n'ai pas eu de contact avec l'extérieur j'ai voulu aller le voir.

- Ah lui ? C'est le sujet 007.

-Comment il s'appelle ?

-Tom. Mais vos prénoms ne comptent plus ici, vous êtes juste des sujets.

-Et les sujets ont le droit d'échanger entre eux ou ils sont condamnés à pourrir ici sans jamais adresser la personne à quelqu'un qui peut les comprendre ?

-Laissez-la aller le voir, de toute façon tout est sous surveillance.

-Vous avez entendu ? Laissez-moi !"

Elle poussa les gardes qui ne réagirent pas. Mahlia se dirigea vers le garçon. Il était assez grand, à peu près 17ans, châtain. Il l'entendit arriver et se retourna tout en reculant d'un pas. Il est vrai que l'attitude de la jeune fille pouvait faire peur. Ses pas étaient rapides, son visage fermé mais lorsqu'elle arriva à quelque mètres du garçon elle éclata en sanglots. Les derniers jours avaient été épouvantables pour elle. Le fait de voir quelqu'un d'autre dans la même situation lui avait enlevé un poids et elle n'avait pas pu s'empêcher de tout lâcher.

Tom passa ses bras autour d'elle pour la réconforter, il était là depuis moins longtemps mais avait vécu les mêmes choses. Mahlia sécha très vite ses larmes, et releva la tête :

"-Je m'appelle Mahlia." Elle sourit.

Les deux jeunes auraient aimé rester là pour pouvoir se consoler, se réconforter, se soutenir, mais le chef arrivait vers elle.

-Attention, Arthur arrive.

-Arthur ? demanda Mahlia.

-Bah le directeur !

-Je connaissais pas son nom..."

Arthur attrapa la petite par le bras. Elle lança un étrange regard à Tom, un regard plein de peur avec un soupçon de force. Ce regard était l'endroit par lequel la douce âme de la jeune fille se reflétait, une âme forte, belle, déterminée. La jeune demoiselle ne se débattait pas, elle avait décidé de passer pour la petite faible : le chef l'avait vu pleurer, il devait sûrement se dire qu'elle était à bout, elle allait donc s'en servir afin de laisser penser qu'elle n'en pouvait plus. Cependant, elle était bien loin d'avoir épuisé toutes ses ressources. Elle allait tous se les mettre dans la poche.

Arthur l'amena dans une petite pièce où il y avait seulement une chaise et une sorte de casque relié à un ordinateur qui se situait derrière une grande fenêtre. La salle était très sombre, les lumières étaient bleues foncées, on arrivait à peine à voir les visages des autres. Toute cette ambiance était calculée afin de mettre les sujets en état d'incompréhension et de peur. Mahlia l'avait très bien compris. Elle crispa son visage afin de paraître mal à l'aise, au fond elle était sûre d'elle.

Elle regarda le directeur comme pour lui demander ce qu'elle devait faire. Il lui fit signe d'aller s'asseoir. Elle s'exécuta sans poser de question et sans aucun signe d'opposition. Elle laissa les "hommes" lui mettre la casque et faire tous les branchements. Elle ne broncha pas. Même pas un petit regard noir. La jeune fille resta très calme, elle souriait et a failli proposer son aide. Mais elle savait très bien que si son comportement passait de noir à blanc, cela deviendrait suspect. Très suspect.

Arthur était de l'autre côté de la fenêtre et il parlait avec son assistant :

" Chef, vous ne trouvez pas que son comportement a beaucoup changé ? En très peu de temps ?

-Crois-tu que je suis idiot ? Bien-sûr que son comportement a changé, en quelque minutes à peine, elle doit forcément préparer quelque chose. Mais j'espère quand même que ce comportement durera, et puis qui sait, elle se rendra peut-être compte que c'est mieux pour elle de collaborer avec nous.

-Je ne vous pensais pas aussi lucide, répondit l'assistant.

-Pardon ? Arthur s'était retourné d'un seul coup, surpris de ce qu'il venait d'entendre.

-Oui, quoi ?

-.... Monsieur ? une voix lointaine mit fin à cette conversation. Arthur tourna la tête vers la voix. La petite est en place, tout est OK. On n'attend plus que vous, ainsi que vos ordres.

-Eh bien on est partis, vous l'avez installée pour quel test ?

-Psychologique.

Un des "hommes" tapa sur plusieurs boutons de la machine, cela ne rimait pas à grand chose, mais cela actionna quelque chose vu que Mahlia fit un petit bond. Comme si elle venait de recevoir une décharge électrique. Une femme était dans la cabine avec la petite, elle avait l'air d'être une infirmière. Elle attacha les poignets et les chevilles de Mahlia en lui expliquant que c'était plus une mesure de sécurité car personne ne pouvait prévoir sa réaction aux produits. La jeune fille acquiesça d'un hochement de tête. L'infirmière s'approcha d'elle avec une aiguille, accompagnée d'un sérum violet bleu. Elle sentit le produit parcourir ses veines, tout son corps était en train de s'engourdir. Plus les secondes passaient, et plus ses paupières tombaient. Cette sensation de véritable sommeil lui fit du bien. Mais c'était artificiel. Comme tout ce qui se passait ici.

Les tests commencèrent.

Tout d'abord, Mahlia fut contrainte de revivre son enlèvement. Seulement, cette fois ci des détails étaient enlevés, ils faisaient appel à sa mémoire afin de pouvoir l'évaluer et faire en sorte qu'elle se souvienne de tout. Cela devait rester encré en elle. Cela devait permettre de forger sa personnalité, car tout le monde le sait, c'est au moment de l'adolescence que se forge la plus grande partie de la personnalité d'une personne.

Plus les détails que sa mémoire donnait étaient précis, plus le score de Mahlia montait.

La seconde étape était basée sur son courage. Ils l'ont mise dans une situation horrible. Cela se passait dans sa tête, mais toutes les sensations qu'elle aurait ressenties, si cela avait été réel, étaient bien là. Elle se trouvait dans une maison au fond d'une forêt avec une amie blonde aux cheveux longs. Elles étaient seules. Une créature traînait au tour de la maison. La jeune fille qui accompagnait Mahlia se mit à courir en direction de la forêt, là où était l'ombre de la créature. Mahlia avait alors deux possibilités : la suivre et essayer de l'aider, ou aller se barricader dans la maison. Elle se mit à courir... En direction de son amie. Malheureusement cette dernière avait déjà pris de l'avance. Avant même d'avoir pu voir la créature, Mahlia entendit son amie crier et se faire dévorer par la créature.

Troisième étape : la raison. C'est trop tard, Mahlia ne peut plus sauver son amie. Il faut qu'elle se sauve elle, maintenant. Curiosité plus forte que sa raison ? Elle fit un pas en avant. Aperçut la silhouette de la chose. La raison reprit le dessus, elle partit vers la maison en courant. Elle entra, ferma toutes les portes et fenêtres à clé. Elle vérifia tout avant de se poser dans un coin de la maison, peu accessible et visible d'aucune ouverture.

"-... Monsieur ? Le pronostique était de 600 points, elle est quand même a plus de 1 000...

-Je sais."

CHAPITRE 8

« SILENCE RADIO »

Clémence était toujours dans le bureau de Mathieu, elle essayait d'écrire dans un carnet tout ce qu'elle savait de cette histoire et tout ce qu'elle pensait être lié à la disparition de son amie... ses amies. Personne n'avait de nouvelle d'Alice depuis deux jours. La pauvre jeune fille se sentait plus seule que jamais. Alors oui elle avait toute sa famille autour d'elle, oui elle avait je ne sais combien de gardes du corps. Mais ça ne fait pas tout. Ses amies, les filles avec qui elle avait grandi et avec qui elle continuait d'évoluer n'étaient plus là.

Mathieu lui, faisait les cent pas dans le bureau. Rien n'était normal dans cette affaire, rien ne coïncidait, c'était indescriptible et incontrôlable. Et pourtant il n'avait pas le droit de baisser les bras et de laisser ces petites seules. Et puis il y avait Clémence. Elle devenait pour lui la petite sœur qu'il n'avait jamais eu. Hors de question pour lui de la laisser maintenant. Il sentait la douleur qu'elle ressentait rien qu'en la regardant : ses cheveux ébouriffés, ses cernes bleues nuit, son teint trop clair pour la saison. Elle avait pas à vivre ça, et le pire c'est que peut-être qu'elle était la prochaine. Il ne savait pas quoi faire, mais ce qui était sur c'est qu'il allait agir. Et vite.

Clémence était assise. Elle se forçait à écrire, mais au bout d'un moment elle se rendit compte que tout allait bien trop loin pour que se soit possible. Tout allait trop vite dans son esprit. Elle lâcha prise. Pendant trois secondes elle n'entendait plus rien et voyait trouble. Puis elle s'est mise à hurler et à trembler. Mathieu se précipita vers elle. Il la prit dans ses bras et des larmes coulèrent sur ses joues. Il n'en pouvait plus, tout cela le dépassait. Il commença même à se demander si il allait réussir à aboutir à quelqu'un. Ou quelque chose...

Mathieu arrêta tout ce qu'il était en train de faire pendant quelques secondes. C'était comme s'il lâchait prise, qu'il abandonnait tout. Mais c'était le contraire, il avait eu une sorte d'illumination. Il prit une chaise et se mit juste en face de Clémence. Il la fixa avec cette leur dans les yeux qu'il n'avait pas eu depuis un bon moment. Clémence ne comprenait pas pourquoi il avait un tel sourire face à la situation. Mais au fond, sans même le savoir elle avait entièrement confiance en lui. Alors elle lui sourit , et c'est là qu'il lui dit : "j'ai trouvé". Il prit une grande inspiration et tous les mots qui sortirent ensuite de sa bouche fut dit d'une manière si rapide que Clémence avait du mal à suivre.

" Surtout Clémence note bien tout ce que je vais te dire. On se focalise depuis plusieurs jours sur ce qu'il se passe ici, sous notre nez, sauf que cette disparition ne me semble pas avoir été faite sur un coup de tête. C'était forcément prémédité. Alors le ravisseur a forcément dû étudié les failles de son plan. Bien qu'il y ait toujours une faille. Mais on ne la cherche sûrement pas au bon endroit ! On est resté figé sur ce qu'il se passe ici dans cette petite ville. Mais prenons du recul. Changeons notre point de vu. Si on s'écarte de la ville et que l'on essaie de regarder sur plusieurs villes, voir encore plus grand, chercher toutes les petites villes sans histoire du monde, qui ressemble à la notre. Étudier les secrets de ses villes. On ne prépare pas se genre de coup seul, on se renseigne, on regarde ce qui a déjà été fait. On élabore un plan, et celui qui nous touche est un plan très réfléchi car en plusieurs jours on a rien trouvé. En plus de cela, chacune des personnes proches de la victimes l'ont oubliée, sauf toi. Il faut donc établir des liens, des tranches horaires, voir si les personnes touchées par cette amnésie fréquentées Mahlia de la même manière. Je pense même qu'il faut aller plus loin que cela et regarder si il n'y a pas des histoires similaires, sans explication et sans preuve dans d'autres pays. Voyons les choses en plus grand, étant donné que la ou les personnes dont on doit s'occuper ont l'air d'être de bons spécialistes.

Silence radio.

- Je suis allé un peu trop loin tu penses? demanda-t-il, surpris par son propre discours.

- Hum... non je ne pense pas, je pense que tu as ouvert de nombreuses pistes et que dans l'état actuel des choses, cela ne peut être que bénéfique." répondit Clémence, tout en finissant de noter les derniers mots qu'elle avait entendu.

Mathieu se remit à son bureau sans perdre un instant et commença ses recherches. Il commença par essayer de trouver des informations sur les histoires secrètes d'enlèvement dans les petites villes où tout le monde connaît tout le monde. Il se mettait à la place

CHAPITRE 9

« AUCUN DROIT »

Mahlia se réveilla avec une énorme migraine. Elle voulut toucher sa tête mais tout son corps était engourdi alors ça lui prit un peu de temps pour arriver à se détendre. Quand elle posa sa main sur son crâne elle sentit un bandage. Elle souffla. "C'est quoi encore ce truc ?" se demanda-t-elle. C'est là qu'une fille entra d'un coup, sans frapper ni quoi que se soit. Mahlia sursauta, et comme elle n'était toujours pas bien réveillée :

" C'est normal que tu es mal à la tête, la tête de la fille eut comme un frisson, je les ai entendu dire qu'ils avaient mis plus de produit que pour les autres, encore un frisson, et en plus de cela tu es la personne qu'ils arrivent le moins à cerner, un frisson, tu, tu, tu as de la chance. Beaucoup de chance, elle baissa légèrement la tête vers Mahlia. Mais ne t'en fait pas, les tests ne vont pas tarder à arriver pour toi aussi tu n'es pas là pour rien." La jeune fille eut encore un frisson à la tête, puis elle donna l'impression de se craquer le cou et partit en courant en claquant la porte.

Mahlia était complètement épuisée de tous ces retournements de situations, elle voulait dormir et arrêter de se poser toutes ces questions mais cela était impossible. Chaque seconde passée ici amenait avec elle une dizaine de questions toutes plus tordues les unes que les autres. Elle avait mal au crâne et elle savait bien que demander un médicament ne servirait à rien vu qu'aucune de ses demandes ne comptaient. Alors elle était là, allongée dans ce lit d'hôpital à attendre que le temps passe et qu'un autre événement lui tombe sur la tête. Elle commençait à   somnoler quand quelqu'un frappa à la porte, ce n'était ni une infirmière, ni le directeur, mais un homme en combinaison en plastique. "Comme si je portais la mort en moi", pensa-t-elle. Elle soupira.

" Mademoiselle, je viens vérifier que tout va bien pour vous..., il n'eut pas le temps de finir sa phrase qu'elle le coupa

- Tout ne va pas bien étant donné que j'ai mal au crâne. Et puis personne ne m'a dit ce que je faisais ici, combien de temps je vais rester, que signifie ces tests que je dois passer. On est où ici ? Elle commença à élever la voix. Je commence sincèrement à en avoir marre, dans tous les cas je suis coincée ici, j'ai vu des choses qui font que je ne vais pas retourner dehors à moins qu'on m'efface la mémoire c'est certain, mais je veux savoir. Je suis quand même en droit de savoir et de comprendre pourquoi je suis là, non ?"

Pendant que Mahlia faisait sortir, l'incompréhension, la peur et la colère de son petit corps, l'homme en combinaison avait effectué toutes les vérifications qu'il avait à faire : le cerveau de Mahlia n'avait pas été endommagé, son cœur battait bien, elle était un peu fatiguée mais sa tension restait bonne. Avant de repartir il se tourna vers la jeune fille et prononça ces mots d'une manière si froide :

" Ici vous n'avez aucun droit."

Le cœur de Mahlia commença à s'emballer. Entre ces murs elles n'était personne, elle se demandait même si sa mort gênerait quelqu'un ici. Et si c'était ce qu'ils cherchaient... Repousser ses limites jusqu'à ce que son corps lâche. La panique prit part de son être, elle voulut crier mais aucun son ne sortit et sa respiration était coupée. En quelques secondes seulement Mahlia fit un malaise.

Quand elle revint à elle une multitude de câbles en plus la reliaient à des machines. Le directeur du laboratoire se tenait assis devant elle une cigarette à la main. Il avait l'air si blasé, comme s'il était déçu du comportement de la jeune fille. Cela toucha Mahlia, puis elle se reprit en quelques secondes "depuis quand je cherche à lui plaire ?" se demanda-t-elle. L'homme se leva, il avait quand même une silhouette imposante.

" Tu n'es peut-être pas si forte que je le pensais, il ria, en seulement quelques jours tu es déjà épuisée, nous n'avons même pas commencé à étudier tes capacités physiques que tu es quasiment déjà morte. Moi qui pensait que tu étais l'un de nos meilleurs sujets, je me suis peut-être trompé sur toi hein, il la regarda, mais tu t'es vu ? Tu es toute blanche avec d'énormes cernes, on croirait même que respirer t'es compliqué. Ça me désole." Il tourna les talons et partit et claqua la porte derrière lui. Cela retourna l'estomac de la jolie Mahlia mais pas seulement son estomac. Les mots du directeur ont animé une rage à l'intérieur de Mahlia, il venait de lui dire qu'elle était faible, qu'elle ne valait rien ou du moins pas le coup que l'on s'intéresse à ses capacités. Impossible pour elle de le laisser dire cela. D'ailleurs qu'en savait-il ? Il ne la connaissait pas, personne ici ne la connaissait réellement. Seulement ses amies Alice et Clémence, qui lui manquaient énormément d'ailleurs, la connaissaient par cœur.

La jeune fille commença à se rendre compte que cela faisait un moment qu'elle n'avait pas pensé à ses amies. Allaient-elles bien ? Pensaient-elles à leur copine disparue ? Avaient-elles lancé des recherches ? Le fait de penser à elle rajouta à Mahlia du stress en plus et du mal-être. Mais cela accentua fortement la haine de Mahlia, ce qui lui donna de la force, la force de vouloir se battre contre... Contre qui d'ailleurs ? Elle ne savait même pas qui ils étaient réellement. Un organisme ? Des privés ? Un pays ? Mais qui ? Et puis où était-elle ?

Elle attendait avec impatience la prochaine fois où elle serait confrontée au directeur afin de lui montrer qui elle était vraiment, quelle rage vivait en elle. Elle voulait persévérer, elle venait de vivre une défaite, mais la guerre était très loin d'être terminée.

Dans cet endroit, cette chambre d'hôpital, le problème était toujours le même : l'attente interminable. La jeune fille décida de ne pas se laisser abattre, plus jamais. Elle n'avait plus le droit de se laisser marcher dessus une fois de plus. Seule, dans sa chambre, 1000 questions trottaient dans sa petite tête.

Même si Mahlia commençait à ne plus y penser, les caméras dans les coins du plafond étaient toujours là et les sois disant médecins continuaient de l'observer. Tout un dossier était en train d'être monté sur la jeune fille, sans même qu'elle n'y ai pensé ne serait ce que deux petites secondes. Mais qu'allaient-ils faire de toutes ses informations si personnelles ? pourquoi cela les intéressait tant ? A qui allaient ils les faire parvenir ? Et surtout dans quel but ? Toutes ces questions, bien plus que légitimes, seraient celles que la jolie Mahlia se poserait si elle avait connaissance de ce qui se tramait derrière son dos. Mais elle était dans l'ignorance, elle ne savait quasiment rien de rien, et même ce qu'elle pensait savoir n'était pas la vérité des faits, tout était mis en œuvre pour qu'elle pense ce que le directeur veut lui faire croire. Évidemment, il est fourbe. Tous les méchants le sont. Mais à vrai dire, lui l'était plus qui n'importe quel autre, il manipulait des enfants et ce dans le seul but d'obtenir satisfaction. Malsain, non ? C'était pas vraiment son problème. D'ailleurs depuis quand le fait d'être malsain, fourbe, dangereux, funeste, néfaste, nocif, ou même nuisible dérange ceux que l'on appelle "les méchants". Mais on ne fait jamais réellement attention aux méchants, à leurs raisons d'agir de manière si satanique. Personne n'agit sans raison, là où cela devient compliqué c'est que les raisons peuvent venir du subconscient, de notre "nous" le plus profond, on ne peut même pas le savoir alors personne ne peut le deviner, du moins cela est bien complexe. Pourtant on ne peut nier que cela aiderait à comprendre bien des choses et en éviter beaucoup d'autres.

Tout cela n'avance pas du tout notre petite Mahlia, elle réfléchit à ce qui peut se passer dans la tête du directeur, pourquoi faisait-il cela ? Quel est le but de tout cela ? Mahlia ne savait pas du tout comment réagir pour satisfaire son bourreau car elle savait que tant qu'il ne jouirait pas de la satisfaction d'avoir atteint son but. Mais comment lui donner ce qu'il veut sans savoir ce qu'il souhaite. Cela la tourmentait bien plus qu'elle aimerait. Elle se sentait tout simplement impuissante, faible, elle devait faire face à son destin sans avoir la main dessus. Elle n'avait qu'à attendre, elle ne pouvait que rester planter là à attendre que la prochaine épreuve lui tombe sur le bout nez.

Où étaient ses droits là ? Elle était enfermée, maltraitée, malnutrie, sans hygiène, blessée et ce physiquement et psychologiquement, elle était seule à supporter toutes ces choses. Ce n'était plus possible, il fallait qu'elle fasse quelque chose, le problème c'est que sa marge de manœuvre n'était pas énorme, vraiment pas énorme du tout, en effet elle ne pouvait agir que lors des tests où lorsqu'elle recevait de la visite dans sa chambre. Et cela n'était jamais régulier. Des fois elle passait des heures, voir même des jours peut-être à attendre que quelqu'un ouvre sa porte. Il fallait qu'elle voit le bon côté de la chose, cela lui laisser le temps d'élaborer un plan et de le faire mûrir pour qu'il soit parfait, sans faille, parce qu'elle n'allait pas avoir 2 chances.

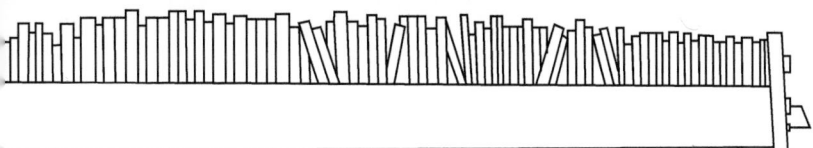

CHAPITRE
10

« LE PETIT GARÇON »

Mathieu et Clémence avait donc une piste. Ils ne savaient pas du tout où cela allait mener et même si cela rimait à quelque chose, mais ils savaient où donner de la tête et cela était le plus grand des soulagement de ses derniers jours. Il restait une chose qui pouvait bloquer : qui était ce petit ? Allait-il revenir tourner autour de Clémence ? Allait-il accepter de parler ? Etait-il lié à cette histoire ? Beaucoup trop de questions trottaient dans la tête de la petite Clémence qui n'avait qu'une seule envie : retrouver Mahlia et Alice. Elle se sentait terriblement seule et elle avait peur, si elle venait aussi a disparaître qui allait prendre la relève de la gestion de l'enquête. Personne ne connaissait l'affaire aussi bien qu'elle, et personne ne prendrait l'affaire au sérieux, du moins avec autant de motivation qu'elle. Évidement, cela concernait sa meilleure amie, enfin ses meilleures amies. Toujours pas de signe de vie d'Alice. Mais où était-elle ? Clémence refusait de croire que son amie l'avait abandonnée. C'était impossible. Alice aimait Mahlia, elle désirait connaître la vérité.

Pourquoi n'était-elle plus là ? Cette histoire était complètement folle. Mais si Clémence se laissait submerger par ses sentiments elle ne tiendrait jamais. Il fallait qu'elle garde son sang froid et qu'elle reste sereine. C'était primordial. Elle ne pouvait pas tout gérer en même temps. C'était peut-être une mauvaise décision mais elle laissa de côté la pauvre Alice. Il fallait qu'elle gère une chose à la fois. S'il faut Alice avait juste besoin d'espace, de temps pour digérer tout ça et du coup elle était partie prendre l'air, se changer les idées. Oui, elle était optimiste. Très même. Elle voulait se concentrer sur la disparition du Mahlia, elle savait qu'elle n'était pas morte, elle ne savait pas comment mais elle le sentait. Elles étaient amies depuis des années, elles étaient plus que liées, et là son amie avait besoin de son aide et cela rendait Clémence complètement folle de se sentir impuissante. Cela lui bouffait le morale, cela l'affectait sur le plan psychologique d'une manière que vous ne pouvez même pas imaginer. La seule piste qu'ils détenaient tenait à un petit bonhomme de l'ombre. Elle ne voulait plus attendre, elle voulait le trouver de suite, le questionner et retrouver son amie. Elle vrilla.

Elle commença à élaborer un plan afin de pouvoir sortir de chez elle sans que les gardes du corps la suivent. Sa cave avait une porte qui donnait sur le jardin, elle allait sortir par là et se faufiler entre les maisons du quartier. Depuis la disparition d'Alice, Clémence avait un pistolet cacher sous son oreiller, elle connaissait des personnes pas forcément très fréquentables qui lui avaient donné. Elle espérait ne jamais avoir à s'en servir, mais là c'était uniquement pour faire diversion, elle se rassura en se disant que ça ne comptait pas réellement comme une vraie utilisation. C'était samedi et il était 14:33, sa mère n'allait pas tarder à partir faire les courses et son père était chez ses grands parents en train de leur faire leur jardin. D'ici quelques minutes elle allait se retrouver seule avec les gardes du corps. Elle alla chercher une père de chaussures de son père, elle s'habilla tout en noir et mit un bonnet afin de dissimuler ses cheveux. Il fallait qu'elle soit le moins reconnaissable possible. Elle fit une pile de carton et mit des livres à l'intérieur, le plus possible. Elle n'avait plus qu'à attendre que sa mère parte. Les minutes passaient et les battements de son cœur accéléraient encore et encore. Elle entendit les clés de sa mère bougeait, elle savait que c'était bientôt son moment.

" Bisous ma chérie, je vais faire les courses à tout à l'heure."

C'était maintenant.

La voiture de sa mère démarra. Clémence cala le revolver dans son pantalon et mit son pull par dessus. Elle savait qu'il allait falloir être très rapide. Elle ouvrit sa fenêtre puis descendit entre ouvrir la porte de la cave et déverrouiller la porte qui menait au jardin. Elle remonta en faisant attention à ce que personne ne la voit. Elle lança les chaussures de son père par la fenêtre. Elle prit une grande inspiration, elle savait que tout allait se passer en quelques secondes, elle poussa la pile de carton remplit de livre qui tomba dans un énorme vacarme. Elle partit en courant tout en essayant de ne pas faire de bruit, elle entra dans la cave et ferma la porte, elle entendit les gardes commençaient à arriver, elle sortit, cria et tira un coup de pistolet en l'air. Puis elle partit en longeant sa maison. Elle couru le plus loin possible jusqu'à que les brûlures dans ses poumons soient insupportable. Elle reprit son souffle, lentement, elle se sentit soulagée, mais elle savait qu'elle était actuellement seule, exposée à des risques et surtout personne n'était là pour la protéger si il se passait quelque chose. Mais elle savait que si elle voulait que les choses avancent il fallait qu'elle prenne des risques. Elle savait aussi qu'elle n'avait pas beaucoup de temps avant que Mathieu ne soit mis au courant et qu'il comprenne e qu'elle a derrière la tête. Il l'a comprend bien trop, il sait toujours ce à quoi elle pense, et il ne tardera pas à comprendre ce qu'elle est partie faire. Elle décide donc de se dépêcher et de se mettre à chercher cette petite ombre dans l'espoir que se soit cette dernière qui vienne à elle. Dès qu'elle croisait une personne de la taille et de la corpulence de cette petite ombre son cœur s'emballait. Cela alimentait l'espoir qu'il y avait en elle. Puis, elle tomba sur lui, il était là planté devant elle, on aurait dit qu'il attendait son arrivée. Ils étaient à quelques mètres l'un de l'autre, il lui sourit. Elle s'avança doucement vers lui, il fit aussi un pas en avant. Les sirènes de la police retentirent et Clémence sentit la peur sur le visage du petit garçon, elle le supplia :

-N'aies pas peur, ne pars pas, s'il te plaît. Ils ne sont absolument pas là pour toi. Ils ne te veulent aucun mal, tu ne dois pas avoir peur d'eux. Ils sont là uniquement pour moi car je ne suis ps sensée être ici sans surveillance. Mais j'avais besoin de te trouver, je suis sure que tu peux m'aider. Reste s'il te plaît, tu peux m'aider."

L'enfant commença par faire un pas en arrière, il tourna son buste comme pour partir. Les sirènes se rapprochaient de plus en plus et faisaient fuir le peu d'espoir qu'il restait au fond du petit cœur de la jeune fille. Les larmes commençaient à lui monter aux yeux, c'était dur pour elle de voir la seule piste qu'elle avait lui filer entre les doigts. Et puis, par elle ne sait qu'elle miracle, l'enfant fit demi-tour, il lui sauta dans les bras et lui demanda lui promettre qui lui arriverait rien. Il avait peur. Elle se baissa pour se mettre à sa taille.

" Je te le promets, il ne t'arrivera rien..."

- C L É M E N C E   M A I S   T U   E S COMPLÈTEMENT FOLLE D'ÊTRE PARTIE COMME ÇA, SI TU ÉTAIS PAS MA PETITE PROTÉGÉE JE T'AURAI DÉJÀ ARRACHÉ LES CHEVEUX [...], Clémence sourit,

- Ne t'inquiète pas, comme je te l'ai dit je ne suis pas censée être là."

Clémence se releva et se tourna vers Mathieu. Le visage de l'inspecteur se relâcha directement quand il vit l'enfant, comme si toute sa colère s'était envolé. Une lueur d'espoir naquit dans son cœur. C'était un énorme élément pour l'enquête. Ce petit allait peut-être tout faire avancer. Il avait peut-être une des clés de cet énorme casse-tête.

"Eh salut toi, comment tu vas ? On t'a fait peur ? C'était pas notre but on cherchait Clémence. Tu sais que tu peux peut-être énormément nous aider à sauver une jeune fille, peut-être même deux. Quoique on n'en sait rien, s'il faut ils sont plusieurs. Enfin bref, on ne te veut aucun mal, on veut seulement que tu nous aides autant que tu peux. Tu seras en sécurité avec nous c'est promis. Regarde, Clémence est censée être sous notre protection, elle s'est échappée quelques minutes et on l'a retrouvé, on ne peut lui en vouloir elle t'a trouvé toi petit bonhomme. Mais qui es-tu ?

Le petit serra Clémence dans ses bras.

- Mathieu, le petit vient de vivre quelque chose d'intense, il a eu peur. Tu penses pas qu'on devrait rentrer tranquillement avant de lui poser des questions ? demanda calmement Clémence.

- Si, si, bien-sûr tu as raison, on va l'amené loin de tout ce vacarme.

- On va chez moi ? Il y a tous les gardes, c'est bien surveillé et ça sera calme et chaleureux pour le petit.

- Oui, je vais donner l'adresse a chauffeur.

- Mathieu ? Ma mère est au courant ?

- Mh... Non, je lui ai rien dit. Et je lui dirai rien ne t'inquiète pas, elle a assez de soucis comme ça en ce moment.

- Merci. Merci beaucoup.

- Mais on aura une discussion.

- Ça, je m'en doutais.

Ils montèrent dans la voiture. Arrivés devant chez Clémence cette dernière fut soulagée quand vit que la voiture de sa mère n'était pas encore rentrée. Évidemment elle n'avait pas ses clés étant donné qu'elle était sortie par la porte de derrière. Une fois installés et calmés, Clémence servit un thé à tout le monde et sortit des gâteaux pour le petit. Il avait toujours l'air d'être sur ses gardes et la jeune fille ne savait pas réellement comment réagir. Il lui sourit. Mathieu comprit que l'instinct maternelle de Clémence et que l'image féminine qu'elle allait apporter au petit garçon allait être un atout majeur pour faire parler ce dernier. Clémence brisa le silence :

- Dis moi petit, tu me suivais ces derniers temps, non ?

Il hocha la tête pour lui dire oui.

- Tu me suivais parce que tu savais que j'étais l'amie de Mahlia ?

Il hésita, il regarda Mathieu qui lui lança un regard de soutien, comme pour lui montrer qu'il fallait qu'il dise les choses, il fallait qu'il se livre, il fallait absolument qu'il dise tout ce qu'il savait.

Il hocha encore une fois la tête.

- C'est une bonne chose, on est au moins sur la même longueur d'onde et on se de quoi on parle.

Le petit garçon commença à parler.

- J'ai tout vu, ton amie, quand elle est partie de la ville, je l'ai vu, mais j'ai aussi vu les messieurs avec des piqûres, heureusement qu'ils ne m'ont pas vu, j'étais cachée, mais j'ai tout vu. Je peux vous raconter, tout vous dire, tout ce que j'ai vu, mais j'ai peur que les messieurs reviennent, qu'ils me fassent du mal ou qu'ils me prennent comme ils ont pris ta copine.

Mathieu essaya de le rassurer.

- Petit, je les laisserai pas te faire du mal, toute les personnes impliquées vivront ensemble, on va trouver une grande maison qu'on fera surveiller, cela va trop loin cette histoire, il faut qu'on protège ceux qui sont toujours là, on ne sait pas jusqu'où cela va aller, ça dépasse toutes les affaires que j'ai eu à gérer dans ma vie, je comprends rien à tout ça, il n'y a aucun lien, il va falloir élargir l'enquête, ouvrir d'autres horizons. Mais aujourd'hui ma priorité c'est vous, et toutes les personnes impliquées de près ou non dans cette histoire. Tu fais parti de ces personnes petit, rien ne t'arrivera je te le promets. Il est hors de question qu'il vous arrive quelque chose alors que vous n'avez rien fait. Mahlia et Alice c'est déjà trop, et toutes ces pertes de mémoires. Il y a forcément un détail qui m'échappe. Mais toi petit, tu as sûrement certaines réponses à m'apporter, tu détiens bien plus d'informations que tu ne le penses, et tout ce que tu vas pouvoir nous dire nous apportera forcement des indices. On doit te protéger, et je le ferai.

Clémence comprit qu'ils étaient sur le point d'avancer dans cette histoire sans queue ni tête. L'espoir, qui ne s'était d'ailleurs jamais éteint, de revoir ses amies ne cessa de grandir au fond de son petit coeur. Depuis quelques temps elle ne vivait plus que pour elles, plus que pour sauver Mahlia et Alice de ce qui était en train de leur arriver. Le problème était qu'elle ne savait absolument pas contre quoi elle se battait.

CHAPITRE 11

« MAUVAIS DÉSACCORD »

Les heures passaient et Mahlia commençait à s'impatienter mais elle savait très bien qu'elle devait rester calme afin d'être lucide et de réfléchir à comment se sortir de ce laboratoire. Rester calme était compliqué vu le niveau de fatigue et d'énervement auquel faisait face la jeune fille. Elle n'avait pas le choix, dans tous les cas, elle était coincée là, coincée dans cette chambre et branchée à ces machines. Il ne fallait pas qu'elle se concentre sur ça, sinon elle allait craquer et ça ne serait pas joli à voir. Elle devait prendre sur elle et réfléchir à une solution envisageable. Il n'y en avait pas beaucoup. Bien qu'un bon nombre lui venait à l'esprit, elles étaient quasiment impossible à mettre en œuvre et Mahlia devait prendre le moins de risque possible. Si elle se loupait, c'était fini. Elle vivrait un enfer, déjà qu'elle ne vivait pas sa meilleure vie actuellement.

Elle ne savait pas s'ils pouvaient lire dans ses pensées mais au point où on était tout était possible. Soudain, elle se mit à paniquer, elle se vit mourir. Que ferait-elle si, actuellement, ils avaient accès à ses pensées ? A ce qu'elle manigance ? Si c'était le cas c'était déjà trop tard pour elle. Deux choix s'offraient donc à la jeune fille : arrêter de programmer un plan d'évasion dans l'espoir que les médecins n'aient pas eu accès à ses idées et donc qu'il lui reste encore l'espoir de ne pas être torturée à mort, ou alors elle tentait le tout pour le tout, sachant que s'ils savaient à quoi elle pensait tout était fini pour elle.

Elle ne pouvait pas abandonner, c'était hors de question pour elle de laisser tomber. Elle avait des amies à retrouver et une famille à rassurer. Le problème, c'est qu'elle avait l'impression de tourner en rond, encore et encore. Aucune solution ne lui venait à l'esprit. Elle ne trouvait aucune faille dans l'organisation et la sécurité de ce laboratoire. Elle essayait de ne pas perdre espoir, elle essayait de garder la tête haute, mais il ne fallait pas se cacher que la situation et les lieux n'étaient pas favorable à maintenir une santé mentale assez stable.

Tout à coup, Mahlia entendit une voix lointaine dans le couloir. C'était bizarre. Cette voix semblait familière à Mahlia, très familière mais il lui était impossible de remettre un visage sur cette voix. Elle eût un très mauvais pressentiment. Quelque chose de grave venait de se passer, elle le savait. Il ne fallait plus qu'elle panique au moindre problème, tout était un problème ici, il fallait qu'elle garde son calme et qu'elle arrive à rassembler ses idées afin de comprendre le pourquoi du comment. Puis, quelque chose d'impensable - encore oui - arriva dans la chambre de Mahlia. Une sorte de vidéo projecteur sortit du plafond.

" C'est une blague...", soupira Mahlia.

Le mur blanc en face de son lit pouvait être le support parfait pour projeter quelque chose. Et c'est exactement ce qu'il se passa. Des images assez floues et pixelisées apparurent, puis elles devinrent de plus en plus nettes. Mahlia comprit que c'était des images de caméras de surveillance. C'était les images de sa porte de chambre, jusque-là il ne se passait rien. La caméra se dirigea ensuite vers la porte au fond du couloir, celle d'où provenait le cri que Mahlia avait cru entendre plus tôt. Elle comprit qu'il y avait forcément un lieu, rien n'était laissé au hasard dans ce foutu laboratoire. Encore une fois, le directeur allait jouer avec les nerfs de la jeune fille. Elle le savait très bien, elle avait conscience que tout était fait pour lui faire perdre ses moyens, et malgré le fait qu'elle le sache, le directeur était de temps en temps plus fort qu'elle et réussissait à lui faire perdre pied. Et ce, même si elle donnait le meilleur d'elle-même, cela ne suffisait pas, et pour couronner le tout, cela l'épuisait. Sur le mur, elle vit la porte s'ouvrir et donner sur un autre couloir avec d'autres portes qui semblaient être des portes de chambres semblables à celle de Mahlia, jusque-là, rien d'anormal. Rien ne bougeait. C'était beaucoup trop calme aux yeux de la jeune fille. Elle savait que rien ne pouvait se passer normalement dans ces murs. Son pouls commença encore une fois à s'accélérer. C'était clairement devenu une habitude, un quotidien.

Quelque chose de spécial pour ne pas dire anormal se passa sous les yeux de Mahlia. En effet, un lit d'hôpital transportait une personne recouverte d'un drap. La jeune fille se demanda si ce n'était pas le corps d'une personne décédée et que le directeur lui montrait cela uniquement dans le but de lui faire peur. Peut-être avait-il réellement accès à ses pensées après tout. Une vague de chaleur provoquée par la panique se répandit dans tout le corps de Mahlia. Elle reprit ses esprits. Ne surtout pas faire de suppositions. Des cheveux assez longs dépassaient du lit. Mahlia en déduisit que c'était une fille sous ce drap blanc. Qui était-elle ? Le drap se mit doucement à bouger. Mahlia fut rassurée de se rendre compte qu'elle n'était pas en train de regarder des images d'une personne décédée. Le drap ayant bougé elle se rendit compte que la fille était attachée au niveau des poignets et des chevilles. Le cœur de Mahlia s'arrêta. Elle se souvenait de quelque chose, elle aussi on l'avait attaché, elle se souvenait uniquement des douleurs aux poignets et aux chevilles quand elle s'était réveillée.

Cette fille était en train de vivre le même cauchemar que Mahlia il y a quelques jours. Pour la jeune fille, c'était insupportable à regarder, elle était impuissante, et elle savait très bien les moments de solitude, de peur et d'anxiété que cette fille allait affronter. Mahlia voulait faire quelque chose, mais elle ne pouvait pas, elle savait pertinemment que toutes les choses qu'elle voyait, entendait ou même sentait dans ce laboratoire était faite exprès pour la mettre à l'épreuve. Elle était incapable de dire pourquoi, pourquoi elle, mais elle le savait.

Elle souffla un grand coup. « Calme toi ma grande, tout va bien, enfin tu es en vie c'est déjà ça. ». Elle essayait de se rassurer comme elle pouvait. Ce n'était pas chose facile au vu de tout ce qu'elle avait traversé. Mais ce qui ne tue pas nous rend plus fort, on le sait tous, et cette expression prenait tout son sens pour la jeune femme. Mais quelque chose la dérangeait. Quelque chose trottait dans sa petite tête. Le corps, sous le drap, elle n'avait aperçu qu'un petit bout mais il lui semblait familier. Ses souvenirs étaient si confus, il fallait qu'elle rassemble le peu d'énergie qui lui restait afin de se remémorer les choses.

Son cœur s'arrêta.

Elle avait compris. Des bouffées de chaleur s'emparèrent d'absolument tout son corps sans exception. Sa vision se troubla, son souffle s'accéléra. Une crise de panique. Non c'était bien plus, en une fraction de seconde elle se retrouva à terre, inconsciente.

[...]

« Vous voyez Monsieur le directeur, j'étais sûr qu'elle comprendrait, elle est très intelligente. Et puis, elle n'aurait pas pu mieux réagir, du moins pour nous évidemment, rigola-t-il. Je veux dire, ça va encore plus perturber son cerveau, elle va être de plus en plus faible, on verra vraiment si elle en vaut la peine.

Le directeur restait perplexe. Il reprit :

- Cette petite m'impressionne de jour en jour, je ne sais pas quoi penser. Elle est bien plus forte que ce que j'avais pu imaginer. J'ai peur qu'elle se serve de toutes nos attaques contre nous, qu'elle en fasse une force et qu'elle nous dépasse.

- Monsieur, voyons ! Ne dites pas de bêtises comme ça ! C'est du grand n'importe quoi, il rigola encore. Vous avez élaboré ce plan avec tant de rigueur et de finesse, personne ne peut vous passer devant, je n'y crois pas, c'est impossible.

- Rien n'est impossible. Allez voir comment elle va, et arrêtez de glousser ça me donne envie de vous attacher comme cette petite nouvelle, Alice. »

L'infirmier obéit sans dire un mot, il savait que les menaces du directeur n'étaient pas à prendre à la légère, jamais. Il se dirigea vers la chambre de repos où était Mahlia. Malheureusement, elle était toujours assommée, le choc avait était plus important que prévu. L'infirmier sentit une vague de satisfaction, il était persuadé au plus profond de lui qu'ils allaient réussir à prendre le dessus sur cette gamine. Sûrement un complexe d'infériorité suite aux mauvais traitements infligés par le directeur. Il s'en prenait donc à des gamines ou des gamins qui ne lui avaient rien fait, qui ne connaissaient même pas son existence et qui n'auraient sûrement jamais levé le petit doigt sur lui. Sa méchanceté finira par se payer, tous nos actes ont des répercussions, tous.

Après avoir fait un compte rendu sur l'état de santé de Mahlia au directeur, l'infirmier changea de chambre, il se dirigea vers la chambre de la fille sous le drap, celle que le directeur avait nommé Alice.

« Coucou ma jolie, on peut dire que tu as fait une entrée fracassante. Tu as complètement mis hors service ta jolie petite copine d'école.

- Mahlia est là ? Elle va bien ? Laissez-moi la voir ! Elle secoua ses poignets. Pourquoi je suis attachée ? C'est quoi ce putain de bordel, et je suis où d'ailleurs ? Répondez moi !

- Tu vas commencer par changer de ton, ma jolie. Ici, tu n'as aucun pouvoir alors que moi j'ai absolument tous les pouvoirs. Si je veux te faire taire, je le fais, si je veux t'endormir, je le fais, si je veux que tu souffres, je le fais...

- Et moi, si je veux que tu disparaisses, tu disparais.

Le directeur venait d'entrer.

- Mon.. mon.. monsieur, je savais pas que vous étiez là.

- Si tu l'avais su, tu te serais comporté autrement ? Idiot, ici j'ai des oreilles et des yeux partout. Maintenant va chercher de l'eau et à manger à cette jeune fille au lieu de nous la traumatiser.

- Bien sûr monsieur, j'y vais de suite.

- Tu as bien intérêt si tu tiens à la vie. Je vous présente mes plus sincères excuses Alice, il n'est pas très doué en termes d'accueil.

- POURQUOI je suis attachée ?

- La réponse se trouve dans le ton que vous prenez pour poser votre question. Trop d'agressivité et de méfiance. Quand vous aurez confiance en moi, je pourrai avoir confiance en vous, c'est un petit jeu très amusant à mes yeux qui le sera beaucoup moins pour vous si vous luttez ou si vous manifestez de la non-coopération. Vous êtes prévenue.

- Je... d'accord. Comment va Mahlia ?

- Nous pratiquons une politique d'isolement. Ça va sûrement pas vous plaire. C'est vraiment pas mon problème. En plus de ça, comme je vous l'ai dit, je n'ai pas confiance en vous, du moins pour le moment. La confiance se mérite. Alors oui, je sais ce que vous allez me répondre, vous ne méritez pas d'être ici, de ne rien comprendre et d'être enfermée. Encore une fois, c'est vraiment pas mon problème. Prenez les choses comme vous le souhaitez. Par contre, si vous voulez quelque chose de moi, de la gentillesse, de l'attention, de la compréhension, ou même encore des traitements de faveurs, il faudra d'abord que je vous accorde ma confiance. Et ça, ma jolie, c'est très loin d'être gagné. »

Sur ce, il tourna les talons, regarda l'infirmier porter à boire et à manger à Alice, l'obligea à rester l'aider à se nourrir et partit de la chambre. Encore une fois, ce n'était pas son problème.

Mahlia commençait petit à petit à reprendre ses esprits. Vu le sommeil profond duquel elle sortait, elle était rassurée et se rendit compte que ce n'était qu'un très mauvais rêve.

« Désolée joli cœur mais ce n'était pas un rêve. Oui, tu ne peux pas me voir, c'est un haut parleur en haut à gauche caché derrière la fausse télé, des capteurs sont placés au dessus de ta tête afin qu'on puisse lire ce que tu penses. Fait attention, j'ai accès à toutes tes pensées. Ne t'énerve pas comme ça je le vois aussi, en tout cas oui, le bracelet que tu as vu au poignet de la jeune fille dont l'identité était caché par un drap était bien celui de ton amie Alice. Elle est ici aussi, et elle va vivre les mêmes choses que toi. Ça vous fera des choses à vous raconter plus tard. Du moins si un jour vous sortez d'ici, en vie."

      Les larmes roulèrent sur les joues de Mahlia, elle n'était pas triste, seulement très en colère.

CHAPITRE
12

« LE CROISSANT »

La découverte de ce jeune homme avait redonné de l'espoir à Clémence. Et grâce à cet espoir, elle avait pu passer une nuit à peu près correcte, sa peau était plus colorée que les dernières semaines et ses cernes avaient presque totalement disparu. Mathieu n'avait pas menti, il avait trouvé une immense villa qu'il faisait surveiller 24h sur 24. Les changements de sécurité se faisaient toutes les heures pour que le personnel soit toujours au maximum de ses capacités. Clémence était en train de démêler ses longs cheveux roux quand Mathieu frappa à sa porte entre ouverte.

« Ça va Clem ? » demanda-t-il d'une voix douce.

- Ça ne va pas trop mal, j'ai plutôt bien dormi, je ne me suis réveillée que deux fois, toujours à cause de ces cauchemars, mais c'est la première fois que ça m'arrive si peu dans la nuit. Et toi comment... Il la coupa dans son élan.

- Ça me fait vraiment mal au cœur de te voir dans cet état-là. Tu es une fille formidable, tu es réellement une personne en or et même si bien évidemment personne ne mérite de vivre ce que tu vis actuellement, toi encore moins. Je vais regarder si le petit déjeuner est prêt, tu me rejoins en bas ?

- Oui, bien sûr, j'arrive. Dit-elle en se levant le regardant partir. Elle eut comme un pressentiment. « Est-ce que je lui plais ? » pensa-t-elle. « Non, c'est impossible, il est bien plus âgé que moi, il prend juste soin de moi, c'est tout, aucune chance qu'il s'intéresse à moi. »

Elle fût soulagée quand en descendant les immenses escaliers, elle aperçut le jeune garçon en train de dévorer le buffet. Il était toujours là. Et il avait l'air bien. Sa plus grande crainte était de se réveiller un matin et qu'on lui dise qu'il avait disparu, lui, la potentielle réponse à toute cette histoire irréelle. Le petit déjeuner allait être expéditif pour elle, elle voulait absolument retourner au bureau de Mathieu pour remettre en commun, pour la cinquantième fois au moins, toutes les informations qu'ils avaient récoltées, et espérer que le petit leur en dirait plus.

Mathieu avait pris de l'avance, il s'était fait un thermos de café et il avait sauté dans sa voiture. Il voulait que Clémence le rejoigne, mais il espérait du plus profond de son cœur qu'elle prendrait le temps de petit déjeuner tranquillement, elle avait besoin de ralentir son rythme de vie actuel, il fallait vraiment qu'elle prenne du temps pour elle, sinon elle allait carrément finir par exploser. Et il ne voulait pas ça pour elle. Il voulait la protéger, dans cette situation invraisemblable. Elle méritait bien mieux que la vie qu'elle menait actuellement. Un appel le fit sortir de ses pensées. C'était elle.

« Comment t'as pu partir sans moi ? Tu savais très bien que je viendrais au bureau aujourd'hui, pourquoi tu ne m'as pas attendu ?

Il ria.

- Clém prend ton temps, tu peux arriver au bureau plus tard, ça ne change rien.

- Ah donc c'est comme ça maintenant ? Tu veux m'éloigner de l'enquête ? Ce sont mes meilleures amies…

- Clém.

- Tu ne peux pas me mettre sur la touche comme ça, j'ai besoin d'être là…

- Clém.

- Vraiment Mathieu, j'ai besoin de me rendre utile dans cette histoire sinon je vais finir par perdre la tête, c'est trop compliqué…

- Clémence.

- Oui ?

- Je ne veux pas t'éloigner de l'enquête. Je t'envoie un taxi de suite, à tout à l'heure. Elle souffla, soulagée.

- Merci Mathieu, à tout à l'heure. Bisous. Elle raccrocha en vitesse. Non mais ce n'est pas possible, je ne viens pas de lui dire « bisous » au téléphone quand même ? Mais quelle idiote. Gnagnagna bisous Mathieu ahahahahah mais oui à tout à l'heure, tu es trop génial Mathieu. ARG, tu es ridicule ma pauvre fille. »

Le petit traversa le couloir et passa devant la chambre de Clémence. Elle l'interpella.

« Je ne t'ai toujours pas demandé ton nom.

- Je m'appelle Esteban.

- Enchantée Esteban. Tu te sens d'attaque pour venir avec moi voir Mathieu, et nous raconter tout ce que tu sais ?

- Je peux amener un croissant ? Elle rigola.

94

- Bien sûr que tu peux amener un croissant. »

Il attrapa son croissant et ils se dirigèrent tous les deux vers la majestueuse grande porte d'entrée en bois pour attendre le taxi qui ne devrait plus tarder maintenant. Après 3 petites minutes à discuter entre eux, le taxi arriva, le chauffeur descendit de la voiture pour venir ouvrir la porte aux deux jeunes personnes qui l'attendaient. Le trajet ne fut pas très long, une dizaine de minutes à tout casser. Le cœur de Clémence battait bien trop vite à l'idée de voir Mathieu, ce n'était pas dans son habitude de ressentir ce genre de sentiments, encore moins à l'égard d'un homme, qui plus est bien plus âgé. Cette situation lui plaisait tout autant qu'elle la dérangeait. Ce côté interdit était très excitant. Ils entrèrent dans le commissariat comme s'ils rentraient chez un membre de leur famille, tout le monde les saluait, tout le monde les connaissait, et Mathieu les attendait adossé contre le bureau du fond de la pièce, tasse de café à la main. Il lui sourit.

Mathieu les conduit dans son bureau et il sortit le dossier de l'affaire. La taille de ce dernier coupa le souffle à Esteban. Il était aussi fin qu'une plume. Une histoire aussi complexe avec si peu d'élément ? Le jeune garçon comprit alors pourquoi il y avait autant de détresse dans les yeux de Mahlia et si peu d'espoir dans ceux de Mathieu. Son cœur se fendit. Il voulait les aider. Il voulait résoudre cette affaire. Mais malheureusement, il n'avait pas les réponses à toutes leurs questions. Il commençait à ressentir la même rage que ses nouveaux amis. Il avait vu des choses, horribles, il pensait que partager tout ce qu'il avait vu allait le soulager d'un poids immense. Malheureusement ce ne fut pas le cas. Le fait de partager tout ce qu'il savait lui avait appris que ce n'était que la face émergée de l'iceberg et que cette pauvre Mahlia était probablement en train de subir bien plus d'horreurs que sa petite tête ne pouvait imaginer. Cette pensée lui donna la nausée.

Clémence fixait Mathieu sans même s'en rendre compte. Elle le dévisageait comme s'il était un inconnu qui l'intriguait. Mais il était tout sauf un inconnu, par contre, il l'intriguait. Son cerveau était en boucle sur la même question : est-ce que je lui plais ou est-il simplement gentil avec moi ? Elle a failli prendre son courage à deux mains et lui poser la question. Mais son courage prit la fuite aussi rapidement qu'il était survenu. Sa tête voulait des réponses tandis que son cœur lui préférait rester dans le déni et imaginer qu'il l'appréciait. Si ce n'était pas le cas, elle allait sûrement tomber de haut et la situation deviendrait très… gênante. Mathieu prit la parole.

« Il y a forcément quelque chose qui nous échappe. Si je résume bien, tu as vu des hommes habillés tout en noir, surgir de nulle part, attraper Mahlia, la piquer avec une seringue contenant un liquide bleu. Et après cette piqûre, il aurait fallu seulement quelques secondes à Mahlia pour perdre connaissance ? Ou bien s'endormir ? Du moins fermer les yeux et que son corps ne réponde plus ?

- Je sais que dit comme ça, on dirait que c'est totalement irréel, mais...

- Esteban, je te le répète, je te crois. Le rassura l'inspecteur.

- Oui, c'est exactement ce qui s'est passé. Une fois Mahlia déposée dans la camionnette, l'un des hommes s'est dirigé vers le quartier militaire, cette fois-ci, il avait une seringue avec un produit plutôt vert ou jaune, je n'ai pas bien vu la couleur. J'ai aussi entendu qu'ils parlaient entre eux du conducteur du bus, mais je n'ai pas pu distinguer ce qu'ils disaient précisément. Je suis désolé, je me sens bête... Je n'ai que quelques informations à vous donner et rien de concret... Je m'en veux. »

Mathieu s'approcha du jeune homme qui était assis sur la chaise du bureau, il s'agenouilla devant lui et prit le temps de le rassurer et de lui expliquer que peu importe ce qu'il allait se passer rien n'était sa faute et qu'il fallait qu'il arrive à prendre du recul sur cette histoire. L'inspecteur voulait préserver le mental de ce petit qui avait déjà vu bien trop de choses horribles ces derniers jours. Esteban l'écoutait attentivement tout en essayant de calmer ses émotions, il n'était ni triste, ni en colère, ni apeuré. Il se sentait juste inutile. Et ce sentiment ne lui plaisait pas du tout.

Clémence, quand-a-t-elle, était de son côté, adossée contre le mur, ses longs cheveux roux éclatant et lisse glissaient sur son épaule gauche. Ses yeux s'illuminèrent tout à coup.

« Ils se sont dirigés vers la maison de Mahlia, ils ont parlé du conducteur du bus. Et si cette seringue verte, jaune ou peu importe, servait à effacer une partie de la mémoire récente ? »

CHAPITRE 13

« GRAND FRÈRE. »

Alice avait une sensation bizarre dans le ventre. Une sensation étrangère et pourtant si familière. Une sensation de dégoût, de rage et de mal-être. Une sensation tout sauf agréable. Ses poignets avaient de grosses cicatrices dues aux cordes qui l'avaiet maintenue attachée à ce lit d'hôpital. Ses chevilles quant à elles étaient toujours ligotées aux barreaux du lit. Ces murs, cette configuration, cette odeur, tout lui était familier. Mais ça ne la rassurait pas. Pourquoi cet endroit froid et lugubre lui était familier ? Pourquoi ? Tout comme la chambre de Mahlia, la chambre d'Alice avait été reproduite à l'identique, et tout comme son amie, Alice était perturbée par cela. Elle voulait partir de cet endroit. Notre petite blonde était loin de s'imaginer ce qui l'attendait. Et vous non plus d'ailleurs. Elle passa ses doigts fins et délicats sur les plaies de son poignet, son visage se crispa au moment où sa peau effleura sa chair. Elle espérait du tout cœur que quelqu'un allait venir s'occuper d'elle, mais paradoxalement elle n'avait envie de voir personne. Ses pensées se dirigèrent vers Mahlia. Elle était là. Cette situation faisait naître un mélange de sentiments très opposés : elle était heureuse de retrouver amie, si on peut dire ça, mais elle était en colère de savoir qu'elle était là, quelque part, à souffrir la martyre et qu'elles ne pouvaient pas être ensemble. Dans tous les sens du terme. Cette situation la rendait complément folle, elle était à deux doigts de tout envoyer valser, mais elle n'en avait pas la force. À ce moment-là quelqu'un toqua à la porte, elle n'eut le temps de donner l'autorisation d'entrer que l'homme, au visage particulièrement familier, se trouvait en face d'elle. Arthur.

« J'ose espérer que tu te souviens de moi.

- Cela m'arrache la langue de vous dire cela, mais oui, ton visage m'est étrangement familier. Mais je n'ai aucune idée de qui tu es.

- Tu es la seule ici à me tutoyer, naturellement. Réfléchis ma belle, on se connait bien plus que tu ne peux l'imaginer.

- J'y arrive pas, mon cerveau est totalement bloqué.

- Je m'en doutais, c'est une bonne nouvelle. Ça veut dire que notre sérum fonctionne à merveille. Mais bon, il va falloir réveiller tes souvenirs maintenant, on a assez attendu. »

Il s'approcha d'elle avec une seringue contenant un liquide jaune. Elle eut à peine le temps de paniquer que l'aiguille était déjà plantée au plus profond de son bras. Ses yeux roulèrent. Arthur jubilait à l'idée de voir son regard quand elle allait se réveiller. Il était en train de changer sa vie. Ce sérum avait été mis au point dans ce laboratoire pour annuler les effets de perte de mémoire de l'autre sérum, le vert. Il savait que ça pouvait prendre quelques minutes pour que tous les souvenirs refassent surface. Surtout pour cette pauvre Alice qui avait vécu 17 ans de mensonges. Et elle était sur le point de s'en rendre compte. Ces secondes paraissaient une éternité pour Arthur qui ne rêvait que d'une seule chose : voir le regard d'Alice quand elle reprendrait ses esprits.

Alice rouvrit les yeux. Son cœur battait bien trop vite. Son regard chercha quelqu'un où quelque chose de rassurant. Mais elle tomba sur Arthur.

« Alors, petite sœur ? »

Ce n'était donc pas un cauchemar, c'était bien réel. Tout ce qu'elle venait de voir était réel. Elle était terrorisée par ce qu'elle venait de voir.

Arthur était son frère. Ce monstre, le directeur de cet endroit, le fondateur de cette institution était un membre de sa famille.

« Rassure-moi Arthur, tu n'es pas vraiment mon frère ?

- Si ma belle, dit bonjour à ton grand frère.

- Non j'y crois pas on a rien en commun.

- Alors je vais essayer de te rassurer. Tu es ma demi-sœur. Ma mère est morte en me donnant naissance, il est donc impossible que tu aies la même mère que moi. Nous avons uniquement le même père. Ce héros, ce modèle, ce chef exceptionnel pour notre famille.

- Je ne suis pas de ta famille. Je ne le serai jamais.

- Alice, ma petite, tu es de ma famille. Même si j'ai bien apprécié le fait que tu sois bannie de notre famille.

- Bannie ?

- Alors pas vraiment, mais c'est comme ça que je l'ai vécu personnellement. Ta mère s'est opposée à ton couronnement…

Alice le coupa.

- Mon quoi ???

- Ton couronnement. Tu devais devenir reine de notre famille. Chez nous, les pères doivent couronner leur fille première née et les mères doivent couronner leur fils premier-né. Tu aurais du être couronnée et couronner ton fils à ton tour.

- Mais attends ? Vous vous prenez pour qui à parler de couronnement ? Vous êtes une véritable secte ?

- Oui.

- Oui ?

- Oui.

- Mon Dieu…

- Tu appelles déjà ton père ?

- Quoi ?

- Désolée de te l'apprendre, mais mon père, qui est aussi le tien, est mort il y a plusieurs années.

- Bizarrement ça ne me fait ni chaud, ni froid.

- Très drôle. Tu n'étais plus là, donc tu ne pouvais pas devenir reine. J'étais son seul enfant, Alice leva les yeux au ciel, alors je suis devenu le roi de cette magnifique congrégation. Et notre père, maintenant au ciel, est devenu notre référence, notre figure paternelle à tous. Il est tout bonnement devenu notre Dieu. Dit-il avec des étoiles dans les yeux.

- C'est ridicule. Ria la jeune fille.

Arthur commençait à s'énerver, mais il savait qu'il ne pouvait pas lui faire de mal, du sang d'Aly coulait dans ses veines, elle était sacrée cette petite.

- Je ne m'attendais pas à ce que tu sautes de joie après toutes ces révélations, mais je ne cautionne pas du tout ces propos sur notre famille Alice, c'est aussi ta famille à toi, il faut que tu en prennes conscience. Tu vas devoir revenir chez nous.

Il était très sérieux dans ces propos, elle arrêta de rigoler instantanément et comprit qu'il ne plaisantait absolument pas. Elle était en train de prendre conscience de ce qu'il se passait actuellement, il voulait l'enlever à sa vie actuelle pour la ramener dans sa secte.

- Il en est hors de question, répondit-elle pleine de colère.

- Je me doutais bien que tu ne me suivrais pas, malgré mon magnifique discours rempli d'amour et de reconnaissance pour notre famille.

- Mais tu n'es pas ma famille, j'ai une famille, j'ai un père, j'ai une mère. Et je les aime, j'aime ma vie avec eux, et je ni renoncerai même pas pour une couronne. Elle criait presque.

- De toute manière, la couronne m'appartient petite sœur. Répondit-il de manière hautaine.

- Et je ne serai jamais ta sœur. » Riposta-t-elle, un sourire au coin de la bouche.

C'était trop pour le directeur. Il partit le pas lourd et claqua la porte derrière lui. Alice fut soulagée, cet échange fut bien trop oppressant et si elle n'avait pas réussi à y mettre un terme elle aurait très probablement craquée. Elle venait d'apprendre que sa famille n'était pas sa famille biologique. Mais… Après tout. Pourquoi le croire lui ? Pourquoi lui faire confiance ? Était-il vraiment son frère ? C'était impossible. Elle n'avait rien en commun avec lui. Il était cruel, sans cœur, dur et fondamentalement méchant. Alors qu'Alice était douce, gentille, attentionnée et elle pouvait donner sa vie aux personnes qu'elle aimait réellement. Ils ne pouvaient pas avoir le même sang qui coulait dans leurs veines. Par contre, lui devait en avoir sur les mains, elle en était certaine.

* * *

Mahlia était épuisée. Elle avait l'impression qu'elle venait de faire un marathon, ou de traverser l'océan pacifique à la nage. Son corps tout entier était douloureux, sa tête était lourde et à peine elle bougeait son crâne, elle avait des vertiges. C'était plus que désagréable. Le pire, c'est qu'au fond d'elle, elle était persuadée que ce mal-être physique allait devenir son nouveau quotidien. Et c'était loin d'enchanter notre petite brune.

En dehors de ça, ses pensées vagabondaient et elles s'arrêtèrent sur la silhouette d'un homme. Tom. Elle pensait à Tom. Un frisson la parcouru. Pourquoi pensait-elle à lui ? Elle ne l'avait vu que quelques petites minutes et elle ne le connaissait pratiquement pas, pour ne pas dire pas du tout. C'était certainement pour ça qu'elle pensait à lui. Il l'intriguait. Pourquoi était-il là ? Qu'avaient-ils en commun ? Ils étaient tous les deux ici, tous les deux coincés dans ce maudit laboratoire. Elle avait besoin d'avoir des réponses. Il fallait qu'elle se rétablisse vite, qu'elle puisse sortir de cette chambre et espérer revoir ce Tom. Il pourrait peut-être lui apporter des réponses à ces questions.

- Aïe…

Elle frotta sa main contre son nez qui lui lançait. Elle sentit comme un liquide qui coulait de son nez. Elle n'était pourtant pas enrhumée. Lorsque que sa main fut de nouveau dans son champ de vison un vague d'angoisse parcourut tout son corps. Sa main était pleine de sang. Sa respiration s'accéléra, sa gorge se noua et des gouttes de sueur froide coulèrent le long de son visage fatigué.

Quelqu'un arriva dans les secondes qui suivaient. C'était la première fois qu'elle était heureuse d'avoir des caméras partout dans sa chambre, si elle pouvait appeler cette pièce comme ça. Un infirmier entra avec un charriot rempli de produits de soins. Elle fut soulagée. Il lui procura les soins dont elle nécessitait quand elle entendît des bruits de talons, du moins des talonnettes, le bruit de quelqu'un qui marche avec des mocassins. Elle comprit qui arrivait. Le directeur. Arthur.

« Alors mademoiselle, on se sent mal ? Demanda-t-il en riant.

- Je ne pense pas que vous soyez compétent pour me soigner, je ne vois pas ce que vous faites ici.

- Je ne suis pas formé pour vous soigner, mais j'ai le pouvoir de donner l'ordre à votre infirmier de vous laisser baigner dans votre sang.

- Non merci, ça ira et puis ce n'est que quelques gouttes de sang, je ne pense pas que ce soit très grave.

- Non, je ne pense pas, mais par contre vous devez mal réagir au produit pour nos tests. C'est dommage, parce qu'on ne compte pas changer notre produit.

- Et si je saigne à chaque fois ?

- Très sincèrement, ce n'est pas mon problème. Je vous l'ai dit et je vous le répète, votre vie ne m'intéresse pas. Si vous mourez, c'est que vous étiez trop faible. Si vous tenez, on vous étudiera.

- Vous êtes un monstre, *Arthur*.

- Merci, *sujet 001.* »

CHAPITRE 14

« ARCHIVES »

« Vers la maison de Mahlia ? Demanda l'inspecteur.

- Une seringue ???? Questionna Clémence, paniquée.

- Oui, vers la maison de Mahlia, et oui, enfin si mes souvenirs sont bons, je ne suis pas certain de ce que j'avance, les images sont floues dans ma tête, je vous rapporte uniquement ce dont je me rappelle, plus ou moins, Esteban semblait gêné de parler de cet événement.

- Bon, tu n'as pas à te sentir mal de ne pas te souvenir de tout, essaya de le rassurer Mathieu et Clémence acquiesça tout en regardant l'inspecteur, par contre, il y a forcément un lien avec les pertes de mémoire des proches de Mahlia et ces mystérieuses seringues. Aurait-il réussi à développer un sérum qui altèrerait une partie de la mémoire ? Donc, elle aurait été kidnappée par une sorte de groupe de scientifiques ? C'est ce qui me parait le plus probable d'après ce que tu me dis Esteban.

- Tu penses que je peux avoir accès aux archives ? » Demanda Clémence. L'inspecteur lui faisait confiance aveuglément et il lui donna les clés sans même prendre la peine de lui demander ce qu'elle avait derrière la tête. La petite rousse prit les clés et partit sans même demander à son acolyte où se trouver la salle des archives. Ce dernier voulut lui donner l'information, mais avant même qu'il ouvrit la bouche la porte se refermait sur la silhouette de la jeune fille. Il secoua la tête avec un sourire en coin.

Clémence arpentait les couloirs de l'établissement dans l'espoir de tomber rapidement sur une porte avec un joli panneau lui indiquant « archives ». Elle sentait un regard sur elle, comme si quelqu'un la suivait. Elle devenait complètement parano, son cœur s'emballa et elle se retourna d'un coup pour voir si quelqu'un était derrière elle. Personne. Évidemment. Elle se sentait bête d'avoir eu peur, elle était en sécurité là où elle se trouvait actuellement. S'il y avait bien un endroit où elle pouvait être sûre qu'il ne lui arriverait rien c'est bien dans ces locaux, encore plus avec Mathieu dans les parages.

« A R C H I V E S : accès uniquement sur autorisation » Elle venait de trouver la bonne salle.

« Tout va bien, je suis autorisée, merci Mathieu. »

Elle entra, la pièce sentait la poussière. Il était certain que très peu de personne venait faire des petites virées dans cet endroit sombre et humide. Elle savait ce qu'elle voulait trouver mais elle ne savait ni où elle allait le trouver, ni même par où commencer. Tout était rangé par date, des gros classeurs par années avec à l'intérieur des intercalaires par mois, et chaque mois avait un classement par ordre alphabétique. Cela ne l'avançait pas à grand-chose étant donné qu'elle ne cherchait pas une affaire en particulier mais plutôt le moindre détail qui pourrait ressembler à la situation qu'ils étaient en train de vivre. Comment allait-elle bien pouvoir procéder ? Elle prit un classeur au hasard et commença à le feuilleter. Elle tomba sur des photos d'enquêtes plus morbides et gores les unes que les autres. Des enfants tués, des femmes violées, d'autres avec le crâne scalpé sûrement dans le but de récupérer leur chevelure, des hommes mutilés, il y avait même une affaire où le pauvre défunt s'était fait découper en morceaux et son corps s'était retrouvé éparpillé sur un rayon de plus de 20 km. Un frisson la parcourra du haut de son crâne jusqu'au bout de ses orteils. Et si quelqu'un avait fait ça à Mahlia ? Si ses membres étaient éparpillés quelque part autour de la ville ? Et si quelqu'un était en train de la torturer ? Heureusement, ses pensées s'envolèrent aussi vite qu'elles avaient pris possession de sa boîte crânienne. Elle sentait que son amie était encore de ce monde. Elle en était sûre.

Pendant que Clémence faisait ses recherches, de son côté, Matthieu était encore dans son bureau avec Esteban. Ils réfléchissaient. Ces seringues étaient certainement une clé, parmi tant d'autres, qui les aideraient à comprendre ce casse-tête. La question n'était pas tellement de savoir pourquoi ils avaient fait ça mais plutôt comment ? Le pourquoi ils pouvaient le deviner : réduire le nombre de personnes qui allaient s'impliquer dans les recherches pour retrouver Mahlia, supprimer de potentiels témoins, ne pas allier les forces pour les recherches, … Mais s'ils comprenaient comment ils avaient réussi à effacer leurs mémoires respectives, ils trouveraient peut-être une solution pour leur redonner. Enfin, ce n'était que dans le meilleur des cas, uniquement si la chance décidait de leur sourire.

« Ils ont réussi à leur retirer leur mémoire… Comment c'est possible ? Matthieu commençait à perdre patience. Quel produit peut apporter un tel résultat ? Et avec un sérum comme ça dans la nature, comment c'est possible que les forces de l'ordre ne soient pas au courant ? »

Cela bouillonnait dans sa tête. Il était submergé par la colère et l'incompréhension. Ce fût bien trop pour lui, il craqua. D'un coup de main, il balança tous les dossiers présents sur son bureau.

« Merde ! » cria-t-il en sortant du bureau. Il se rappela ensuite où Clémence était partie. Il prit la direction de la salle des archives, le chemin fût bien moins long que lorsque Clémence l'avait fait seule. Il souffla un grand coup avant d'entrer dans la pièce.

Clémence sursauta, elle était bien trop concentrée sur les papiers qu'elle avait posé en face d'elle pour ne penser ne serait-ce qu'une seule seconde que quelqu'un allait venir la voir. Cependant, cela faisait déjà plus de deux heures qu'elle était enfermée dans cette salle poussiéreuse. Elle allait finir par devenir asthmatique en restant ici. Quand elle vit que c'était Mathieu son cœur se calma. Elle repartit dans ses recherches aussi rapidement qu'elle les avait quittées. L'inspecteur entra lentement dans la pièce, ses pas étaient légers, il ne voulait absolument pas déranger sa petite rousse qui travaillait d'arrache-pied pour retrouver son amie. Il se plaça juste derrière la chaise qu'elle s'était attrapée pour être plus à l'aise. Il posa sa main contre la table afin de s'appuyer et de pouvoir apercevoir ce que Clémence étudiait. En glissant son bras vers la table, son coude frôla le bras de la jeune fille. Cette dernière leva les yeux du dossier qu'elle était en train de déchiffrer. Un frisson, fort agréable, parcourut tout son corps et elle eut des papillons dans le ventre. Elle ferma les yeux quelques secondes pour reprendre ses esprits, et se replonger dans les papiers jaunis.

Son cœur, à lui, avait raté un battement quand leurs peaux étaient entrées en contact. Il avait ce besoin permanent d'être auprès d'elle, de la protéger, de la chérir et de l'accompagner dans cette épreuve à laquelle elle n'aurait jamais être confrontée. Ses émotions s'étaient directement apaisées quand il s'était retrouvé avec elle. Quand il s'en rendit compte, ses yeux s'ouvrirent plus qu'ils ne l'auraient dû. Il se rendait compte qu'il tenait à elle, bien plus qu'il ne l'aurait dû, bien plus qu'on lui autorisait. Il était l'inspecteur en charge de cette affaire, il n'était pas censé s'attacher à elle comme il était en train de le faire. Il ne savait pas s'il en avait le droit, si cela était même autorisé… Il ne voulait pas se rapprocher plus d'elle qu'il ne l'était déjà, mais son cœur en avait peut-être d'or et déjà décidé autrement.

Esteban était resté dans le bureau de Mathieu. Il avait été surpris par sa réaction sur le moment, mais il sentait que cette crise de nerf allait arriver. Mathieu était complètement à bout. Il ne comprenait rien à la situation, il ne savait pas comment faire avancer l'enquête, il ne savait pas comment aider et protéger Clémence. Le petit bonhomme se sentait en sécurité maintenant qu'il était sorti de l'ombre, sans mauvais jeu de mot bien évidemment. L'implication sans relâche de l'inspecteur lui donnait un sentiment de confort, c'était encore plus que de la sécurité, il était en totale confiance malgré l'immense danger qui rôdait autour d'eux à chaque instant. D'ailleurs personne ne savait réellement s'ils allaient être les prochains. Les yeux d'Esteban parcouraient le bureau désormais sens dessus dessous dans l'espoir de trouver un détail auquel ils n'auraient peut-être pas prêté attention, ou tout simplement que des yeux neufs dans l'enquête pourraient interpréter différemment. Il tomba sur un page de brouillon sur laquelle étaient griffonnés les noms des personnes qui avaient été interrogées. Il se rendit compte de quelque chose : le père de Mahlia n'avait pas été interrogé, mais cela semblait normal étant donné qu'il était en mission militaire à des milliers de kilomètres, mais le père d'Alice n'avait pas été interrogé non plus. Sûrement qu'il n'était pas dans les alentours quand sa fille avait disparu, de ce fait, il n'avait certainement pas été exposé au produit qui altéré la mémoire. Ce qui était un cadeau du ciel. Il allait sûrement aider à l'enquête, il détenait probablement des informations supplémentaires à celle qu'ils avaient déjà. Mais une seule question posait un problème : où était-il ?

Clémence commençait à fatiguer. Ses yeux se fermaient tout seuls, sa tête tombait de plus en plus, mais elle ne voulait pas lâcher l'affaire tant qu'elle n'était pas tombé sur le moindre détail intéressant. Des enquêtes pour enlèvement, il y en avait des centaines, pour ne pas dire des milliers, et parmi ces dernières la majorité était non résolue. On ne savait pas ce qui était arrivé à ces pauvres personnes, si elles étaient encore en vie ou si leur corps sans vie était retenu au fond d'un cabanon de jardin. Clémence était persuadée que ce n'était pas ce qui était en train d'arriver à Mahlia et certainement Alice, elle avait un pressentiment qui menait ces pensées vers quelques choses d'encore plus compliqué qu'un simple enlèvement pour assouvir les envies meurtrières d'une personne pas nette. Elle sentait que c'était autre chose.

Esteban les rejoignit dans la salle des archives, du moins après dix minutes à chercher où cette dernière se trouvait. En arrivant, il remarqua une atmosphère étrange dans la pièce mais il n'en prit pas compte. Il commença par observer ce qu'était en train de lire Clémence puis il regarda ce que Mathieu cherchait. Esteban ne voulait pas les déranger pendant qu'ils étaient occupés, ils étaient peut-être en train de trouver quelque chose qui les aiderait à avance. Le petit prit une chaise et s'installa à côté de Mahlia tout en attrapant un des dossiers qu'elle avait laissé ouvert de côté comme s'il avait attiré son attention plus que les autres. En le parcourant, Esteban se rendit compte qu'il y avait pas mal de similitudes : une jeune femme de 20 ans enlevée alors qu'elle rentrait en train de son université, pas de seringue qui retire la mémoire pour mademoiselle mais aucun contact avec sa famille. C'était très probablement ce détail-là qui avait retenu l'attention de Clémence : le ou les kidnappeurs n'avaient pas eu à se servir de leurs seringues magiques étant donné que cette fille n'avait aucun contact avec sa famille et qu'en plus, elle était nouvelle dans l'université. De plus, cette affaire datait d'il y a plus de 5 ans, peut-être que leur sérum contenu dans les seringues n'était pas encore au point à ce moment-là. Du moins, ce n'était évidemment que des suppositions.

« Clémence ? L'interpella Esteban. Clémence et Mathieu levèrent tous les deux la tête en même temps.

- Oui ? Répondit la petite rousse, intriguée.

- Pourquoi tu as mis ce dossier à part ? Il t'a intrigué plus que les autres ? Demanda-t-il en espérant qu'elle avait pensé la même chose que lui.

- Alors, je vais certainement trop loin dans la réflexion mais cette fille avait à peu près le même profil que Mahlia. Elle rentrait des cours, elle écoutait sa musique avec ses écouteurs, elle marchait seule en sortant du train. Cependant, elle n'avait aucun contact avec sa famille, et elle était arrivée à peine une semaine plus tôt sur le campus, on peut donc imaginer qu'elle n'avait pas assisté à énormément de cours et qu'elle ne connaissait pas non plus beaucoup de monde. Elle vivait seule dans son appartement, pas en colocation, encore une fois cela l'isolait. Et au niveau du travail, il était marqué dans le dossier qu'elle avait trois entretiens de prévu dans la semaine mais aucun des potentiels futurs employeurs ne l'avaient vu en face, ils ne l'avaient eu qu'au téléphone. De ce fait, cette histoire se rapproche encore plus de celle de Mahlia et Alice, mais sans cette histoire de seringue et de sérum. Ils n'en avaient pas besoin : elle était littéralement seule. De plus, l'affaire date d'il y a exactement 6 ans, si on part du principe que les kidnappeurs sont aussi dans la recherche scientifique, on peut imaginer que leur sérum n'était pas encore mis au point ou opérationnel. Ce qui expliquerait le choix de leur victime. Vous me suivez ? » Esteban sourit.

Bingo.

CHAPITRE 15

« LE PLATEAU REPAS »

Alice se réveilla avec d'atroces maux de tête, elle avait l'impression qu'on avait essayé de l'assommer avec un marteau avant qu'elle s'endorme. Mais non, ce n'était que la réaction que son corps avait décidé de choisir en réponse à tout ce qu'elle venait d'apprendre et de vivre. Elle savait que son demi-frère n'allait pas la lâcher.

Après la mésaventure qu'avait connue Mahlia la veille avec son nez, elle avait été autorisée à passer une partie de l'après midi dans la salle commune. La jeune brunette savait très bien qu'il y avait une ruse dans tout cela. Soit, ils allaient étudier ses comportements avec les autres, soit ils allaient la piéger, soit quelque chose d'encore plus tordu, le directeur en était tout à fait capable. Mais non, pas vraiment, du moins ce n'est pas elle qui allait être torturée aujourd'hui.

Mahlia était fatiguée, affaiblie, elle ne mangeait presque plus rien depuis son arrivée dans le laboratoire, ses joues étaient creusées, ses yeux étaient bordés d'un gouffre bleuté, ses mains laissaient ressortir la couleur de ses veines, ses clavicules ressortaient plus que jamais et la pauvre fille tremblait de froid et de fatigue. Et Arthur savait très bien qu'Alice ne supporterait pas de voir son amie dans cet état. Et il allait s'en servir pour la faire sortir de ses gonds.

Mahlia se rendit dans la salle commune dans l'espoir de passer une meilleure journée que toutes celles qu'elle venait de passer dans cet enfer. Sa chemise médicale tombait sur son épaule et ses cheveux étaient tout emmêlés. Cela n'enlevait rien à sa beauté. En arrivant dans la salle, elle eut comme un choc : les autres ressemblaient à des zombies. La bouche ouverte, les yeux livides, le teint plus pâle que la peinture blanche qui recouvrait les murs, leurs gestes étaient lents et paraissaient douloureux. Elle se rappelait pourtant être le sujet 001. Était-elle la première arrivée ? C'était ce qu'elle avait pensé jusqu'à maintenant, elle commençait à en douter et un frisson d'horreur parcourut tout son être quand elle se rendit compte de l'état dans lequel elle allait très probablement terminer.

Arthur entra dans la chambre d'Alice avec un plateau repas, si évidemment on considérait la nourriture de ce laboratoire comme un véritable repas. Tout était emballé dans des sachets plastiques, tout était réchauffé et rien ne donnait envie. Par contre, si ces repas étaient livrés ici, cela voulait dire qu'il y avait un potentiel contact avec l'extérieur. Une vague froide parcourue l'entièreté de son corps. Elle ne savait pas si c'était de la peur ou de l'espoir. En tout cas, elle avait ressenti quelque chose. Elle avait désormais deux buts : être certaine que Mahlia allait bien, si on pouvait aller bien ici, et trouver le moyen d'entrer en contact avec l'extérieur. Les deux allaient s'avérer bien plus compliqué que prévu étant donné qu'elle était enfermée dans sa chambre. La première étape allait donc être de gagner la confiance de son charmant demi-frère. La pensée de ce lien de parenté lui donna un haut-de-cœur. Elle pensa au fait que gagner sa confiance n'allait pas être la mission la plus compliquée : il était complètement imbu de sa personne, égoïste, narcissique et fan de son infecte secte. Il suffirait très certainement de s'intéresser à cette dernière pour qu'il se livre.

« Bon appétit, petite sœur. Lui dit-il avec un sourire en coin. Elle prit sur elle.

- Les cuisiniers font-ils partie de votre grande famille ? Demanda-t-elle sans réellement savoir si la réaction d'Arthur n'allait pas être excessive. Il s'arrêta net. Il avait été pris de court. S'intéressait-elle réellement à leur famille ? Il était certain que cela arriverait à un moment ou un autre, mais il trouvait que c'était vraiment rapide. Peut-être même trop rapide. Il se méfia.

- En quoi cela est-il important ? Il est très fort, pensa Alice.

- Je vais être obligée de manger ces plats pour une durée indéterminée, s'ils sont bons et que je sais qu'ils proviennent de cette secte dont tu m'as parlée, ça aidera probablement mon cerveau à vouloir en savoir plus.

- Oui, les cuisiniers sont nos frères. » Lui répondit-il, froidement, avant de partir sans rien ajouter.

Elle posa les yeux sur le plateau qui se trouvait maintenant sur une petite table à roulette qui venait juste à la bonne hauteur pour manger. Elle avait bien évidemment envie de manger ce cordon bleu et ses petits poids tout autant qu'elle avait envie de se pendre. Mais malheureusement sans nourriture, on n'a aucune énergie. Et sans énergie, on ne peut pas se battre. Elle se résigna donc à manger le plat qu'on lui avait apporté. Elle fut agréablement surprise, c'était plutôt bon. Elle pensait que le goût se rapprocherait de celui de la nourriture qu'on lui avait servi à l'hôpital après son opération du coude, mais non, absolument pas. C'était vraiment bon. Grâce à ce repas, tous ses muscles décidèrent de se détendre, ça lui procura un soulagement immense. On ne se rend pas compte que la nourriture peut faire de véritable miracle. Malgré le fait qu'elle soit détendue, elle s'attendait à ce que ses paupières deviennent lourdes ou quoi que ce soit d'autre. Elle était pratiquement sûre que ce plat avait été empoisonné pour l'affaiblir ou la faire tomber dans un sommeil très profond. Mais il n'en fut rien. Tout allait pour le mieux. Elle allait très bien.

Plusieurs heures étaient passées et mis à part le fait qu'elle s'ennuyait à mourir, elle n'avait aucun problème pour respirer, aucun fourmillement ou même encore aucune démangeaison. Inconsciemment, son corps commençait à faire confiance à cet endroit, et à Arthur. Et c'était exactement ce que ce dernier recherché. Il ne l'avait donc pas empoisonné, ce qui signifiait que son but principal n'était ni de la faire souffrir, ni de l'affaiblir le plus possible. Mais alors, quel était son but ?

Mahlia venait de s'assoir dans le coin bibliothèque de la salle commune, elle s'était mise sur un fauteuil, les jambes recroquevillées et un livre à la main. Elle rêvait de pouvoir se plonger complètement dans cet ouvrage, mais l'atmosphère ne s'y prêtait pas réellement : à sa droite, elle entendait une fille se taper la tête contre la vitre à un rythme très robotique. Certainement que son cerveau avait fini par céder face à la douleur qu'on lui infligeait. En face d'elle, un garçon avait la tête en l'air et il débitait des phrases toutes plus incompréhensibles les unes que les autres. Il parlait de secte, de plateaux repas préparés par des aliens, d'une ferme où les légumes étaient arrosés avec du poison. Il était totalement perdu le pauvre, pensa-t-elle. Peut-être qu'il n'était pas aussi fou qu'il ne le paraissait.

Mahlia savait qu'Alice se trouvait là. Du moins, elle avait aperçu son poignet qui avait l'air inerte... Mais son instinct lui disait que son amie était toujours vivante. Et donc quelque part dans ce bâtiment. Serait-elle encore en vie longtemps ? Était-elle ici pour les mêmes raisons qu'elle ? Où était-elle ? Mahlia ne pouvait pas se permettre de se faire remarquer ou même pire, de tenter quelque chose contre Arthur. Elle avait bien conscience que sa vie en dépendait. Elle se rendit compte qu'une porte, ouverte, menée vers l'extérieur. Arthur se trouvait debout à l'autre bout de la pièce. Le cœur de la jeune fille s'emballa et elle avait l'impression d'avoir du mal à respirer. Ses pieds passaient l'un devant l'autre sans qu'elle ait à réfléchir à quoi que ce soit, elle avançait droit devant elle.

« Monsieur le directeur ? Elle s'arrêta net.

- Oui sujet 001 ?

- La porte au fond, elle la désigna d'un léger coup de tête, c'est normal qu'elle soit ouverte ? Nous avons le droit d'aller faire un tour à l'extérieur ??

- Je suis plus que surpris. Tu soit venue me demander la permission ? Tu n'as pas tenté de t'échapper sans que je ne m'en aperçoive. Je suis content de voir ces progrès dans ton comportement. Oui, effectivement, si la porte est ouverte, c'est que tu peux la passer. Répondit-il calmement

*Si la porte est ouverte, c'est que tu peux la
passer, elle s'en souviendrait.*

- Merci beaucoup. » elle lui offrit un
sourire, hypocrite, vous vous en doutez bien.

Elle tourna les talons et se dirigea vers
cette porte. Elle s'attendait à une réelle bouffée
d'air fraîche, une libération, et de l'espoir. Mais
elle fût déçue. Fortement déçue. Quand son regard
se posa sur l'extérieur, son cœur se brisa. Devant
elle, une étendue de sapins enneigés, magnifiques,
me diriez-vous. Mais entre elle et ces magnifiques
arbres se dressait un dôme de verre. Immense
certes. Mais la séparant de l'extérieur qu'elle rêvait
de revoir. Sa tête se tourna vers Arthur qui lui fit un
clin d'œil. Il savait ce qu'elle ressentait, et il en
était fier.

CHAPITRE
16
« 15:36 »

Mathieu était complètement bouche bée. Elle était brillante et cela la rendait encore plus attirante. Il chassa cette idée de son esprit d'un coup de tête brève. Elle le remarque et fit un mouvement d'incompréhension que monsieur ne remarqua pas, mais Esteban oui et cela le fit sourire.

« Vous comptez vous regarder dans le blanc des yeux pendant longtemps ou vous allez commencer à donner votre avis sur la découverte de la demoiselle ?

Un malaise s'est installé.

- Oui oui bien sûr, Mathieu a pris la parole, c'est super intéressant comme raisonnement. Tu as trouvé d'autres dossiers dans ce style ?

- Non, mais maintenant que vous êtes là, vous allez gentiment m'aider à trier le reste. » Elle sourit avec toutes ses dents en penchant la tête sur le côté.

Esteban regarda Mathieu avec une expression qui demandait si elle était sérieuse, et ce dernier lui donna un hochement de tête qui lui répondait que oui, elle était très sérieuse. Le jeune homme laissa tomber ses bras le long de son corps et souffla. Ils décidèrent de s'assoir afin de trouver la position la plus agréable pour réaliser cette tâche plus qu'ingrate.

Clémence était concentrée et ses cheveux lui tombaient sur son épaule droite. Mathieu le remarqua et la trouva belle. Encore. Les yeux de la jeune femme ne s'éloignaient pas des dossiers, par dizaine, qui se trouvaient devant elle. Elle était plus que motivée à trouver des indices pour retrouver ses amies.

Il y avait deux piles de dossiers au milieu de la table, une des dossiers à remettre à leur place, une autre d'affaires potentiellement liées. L'une était bien plus imposante que l'autre. Clémence commençait à fatiguer et à avoir le ventre qui criait famine. Elle jeta un coup d'œil à l'horloge au-dessus de la porte. 15:36.

« QUINZE HEURE TRENTE-SIX ?

- C'est ton ventre qui parle là ? Demanda Esteban en rigolant.

- Effectivement, on devrait commander quelque chose. Proposa la petite rousse affamée.

- Non Clém, c'est hors de question. On va sortir de cette pièce ou sinon tu vas finir par devenir folle. On va aller manger dehors, allez chercher vos affaires, je vous invite. »

Une petite demi-heure plus tard, ils étaient attablés à la table d'un restaurant chinois. Clémence ne parlait pratiquement pas, elle avait tellement faim que son seul but était de remplir son ventre. Mais ses autres préoccupations revinrent plutôt rapidement.

« J'étais en train de penser…

Mathieu la coupa.

- Clém, si tu me sors un seul mot sur l'affaire en cours, je t'interdis de retourner au buffet.

- Mais Mathieu, chaque minute compte, tu le sais non ?

- Clémence, tu manges tranquillement et on s'y remet après. »

Elle soupira et en profita pour râler. Mais elle savait très bien qu'il avait raison. Si elle passait son temps à penser à cette affaire, elle finirait par devenir folle, et ne plus pouvoir les aider. Une chose qu'elle ne supporterait pas. Ils prirent le temps de manger et ça leur fit le plus grand bien. Mathieu essaya d'aborder le sujet du lycée, mais Clémence se braqua aussitôt, ce n'était plus sa priorité même si elle était brillante et que son avenir était en jeu. Elle ne devait pas mettre toute sa vie en pause pour une affaire qui n'allait peut-être jamais aboutir, mais malheureusement, elle n'arrivait pas à faire autrement. Ses amies n'étaient plus là. Elle avait l'impression d'avoir aussi quitté sa vie.

De retour au bureau, il était 17:30 passé, la petite rousse essaya de prendre sur elle. Il fallait qu'ils se reposent. Elle leur proposa que chacun rentre tranquillement et qu'ils étudient un seul dossier aujourd'hui. Elle avait besoin de se retrouver seule pour se remettre les idées en place loin de toute distraction.

En arrivant dans l'endroit qui lui servait maintenant de chambre, du moins on pouvait plutôt appeler ça un purgatoire vu le sentiment de culpabilité qui la rongeait. Il lui était impossible de passer une nuit paisible, avec un sommeil profond et réparateur. La jeune rousse passait la plus grande partie de ses nuits à appréhender une potentielle tentative d'enlèvement. Et si elle était réellement la prochaine ? Était-elle vraiment en danger ? Et si quelqu'un de son entourage savait quelque chose, mais préférait protéger les ravisseurs ? Et si Esteban n'était pas celui qu'il prétendait ? Et si Mathieu ne l'aimait pas ? Elle rougit quand elle comprit où ses pensées avaient décidé de l'amener. Elle n'avait pas besoin d'être seule pour se concentrer. Elle avait besoin d'être loin de Mathieu.

De son côté, l'inspecteur n'avait toujours pas ouvert le dossier une heure après être arrivé à destination. Clémence n'était qu'à quelques pas de lui, dans sa chambre. Pourquoi avait-elle suggéré de travailler séparément ? Était-il allé trop loin ? S'était-il montré trop avenant ? Cette fille l'obsédait carrément, il voulait assurer sa protection peu importe ce que ça lui coûterait. Il ne voulait pas qu'elle sache ce qu'il ressentait quand elle se retrouvait dans la même pièce que lui. Mais il voulait encore moins qu'elle soit la prochaine. Il ne supporterait pas l'idée de ne pas réussir à résoudre une affaire. Mais il supporterait encore moins le fait de l'avoir mis en danger en la laissant s'impliquer.

Esteban était dans la cuisine face au frigo quand il se rendit compte qu'il sortait à peine du restaurant et qu'il n'avait pas faim. Il remonta donc à l'étage pour se reposer un peu après la matinée qu'il venait de vivre. En montant, il tomba sur une scène des plus hilarantes. Clémence se trouvait dans sa chambre, collée au mur de la pièce adjacente. Pièce se trouvant être la chambre de monsieur l'inspecteur, qui lui aussi se trouvait dans la même position.

Esteban éclata de rire, ce qui fit sursauter les deux curieux. Ils se sentirent bêtes et honteux, mais aucun des deux n'avait idée que ce sentiment était partagé. Ils repartirent chacun à leur dossier pendant qu'Esteban ne pouvait s'arrêter de rire. Une fois son fou rire terminé, Esteban alla toquer à la portée de Clémence. La jeune fille sursauta encore une fois. Elle lui fit signe qu'il pouvait entrer. Esteban entre lentement en réfléchissant à comment aborder le sujet qui lui trotte dans la tête depuis déjà un petit moment, si ce n'est depuis le jour même où Clémence l'a sauvé. Clémence remarque sa démarche incertaine et se tourne totalement vers lui en l'interrogeant du regard.

« Clémence, je peux te parler d'un truc ?

- Oui bien sûr dis-moi, quelque chose ne va pas ? Tu as l'air perturbé.

- Est-ce que tu es amoureuse de Mathieu ?

- Pardon ? Cria-t-elle. Son cri fit venir Mathieu en un quart de seconde.

- Tout va bien Clém ? Je t'ai entendu cr…

- Oui oui tout va bien Mathieu, tu peux fermer la porte s'il te plaît ? Je dois parler à Esteban. » Dit-elle en lançant un regard noir à ce dernier. Mathieu ferma la porte sans poser de questions, mais sa curiosité fut plus forte que le respect qu'il a envers la vie privée de sa chère Clémence. Il se glissa le long de la porte qu'il venait de fermer pour pouvoir entendre ce qui allait se dire entre ses deux camarades.

« Mais qu'est-ce que tu dis Esteban ? Interrogea Clémence.

- J'ai des yeux, et je vous ai observé. Je vois bien qu'il y a quelque chose entre vous deux. Et d'ailleurs, je suis venue te voir toi parce que je suis plus à l'aise avec toi, mais je pense la même chose pour lui.

Derrière sa porte, Mathieu rougit. Sur sa chaise assise en face d'Esteban, Clémence rougit.

- Tu dis n'importe quoi. Répondit Clémence.

Mathieu fut touché, il pensait qu'elle venait d'avouer qu'elle ne ressentait rien pour lui. Il se leva, blessé, et il repartit dans sa chambre.

CHAPITRE
17

« DERRIÈRE LA PORTE BLEUE»

Quand Mahlia retourne à l'intérieur de la salle commune, en plus d'avoir senti tous ses espoirs mourir en elle, des infirmiers l'attrapèrent par chacun de ses bras. Elle se débattait, cela n'avait pas changé depuis le premier jour où elle avait mis les pieds ici. Quand les infirmiers virent qu'ils commençaient à perdre la prise qu'ils avaient sur elle, ils firent un signe à Arthur. Il commença donc à marcher vers eux en sortant une seringue de sa blouse, Mahlia redoubla d'effort pour se débattre, mais les mains des infirmiers la tenaient vraiment fort, elle savait qu'elle en garderait des traces.

Quand le directeur retira la protection de l'aiguille, les yeux de Mahlia ne le suppliaient pas de s'abstenir, au contraire, ses yeux le mettaient au défi de le faire. Ses yeux traduisaient la détermination qu'il y avait au fond d'elle, détermination qui surmontait la peur, la douleur et la fatigue.

Il la piqua et il ne fallut que quelques secondes à ce poison pour qu'il endorme la jeune fille.

Les infirmiers, qui avaient maintenant repris le dessus sur la jeune provocatrice, la traînèrent jusqu'à la porte bleue. Tom vit ce qu'il était en train de se passer et son cœur se mit à battre si fort qu'il pensait qu'il allait traverser sa poitrine. Il était en colère et il voulait absolument protéger Mahlia de ce qui se trouvait derrière cette porte. Malheureusement, s'il faisait le moindre mouvement, Arthur comprendrait qu'il y avait quelque chose entre les deux et cela mettrait en péril leur plan.

Arthur remarqua le malaise de Tom et s'avança vers lui.

« Tout va bien sujet 007 ?

- Oui, tout va bien, monsieur le directeur.

- J'ai comme l'impression que de voir Mahlia devant la porte bleue te dérange.

- Ce n'est pas le fait que ce soit Mahlia, c'est le fait qu'elle aille dans cette pièce. Elle ou une autre, je ne souhaite à personne de vivre ce que vous nous faites vivre là-dedans.

- Tu as conscience que je peux savoir quand tu me mens ?

- J'en ai conscience et je ne vous mens pas.

- Et tu as aussi conscience qu'un jour viendra et tu remettras les pieds dans cette salle. »

Tom leva la tête vers Arthur avec un regard plein de haine qui montrait bien qu'il en avait conscience. Ce que le directeur ne savait pas, c'est que Tom travaillait au fait que plus personne ne remette un pied là-bas.

Un bruit sourd résonna, la porte bleue venait de se refermer. Ils savaient que les prochaines heures allaient être un véritable enfer pour son amie. Tom tourna les talons et se rendit dans le jardin. Il escalada le grillage pour se poser sur un rebord de fenêtre. Bien évidemment, même là-haut, les grillages l'entouraient de partout. Il se sentait plus tranquille en hauteur. Il était plus rassuré à l'idée d'être loin de Mahlia, malheureusement. S'il l'entendait hurler, il ne savait pas s'il allait réussir à garder son calme.

P

Arthur rejoint la chambre d'Alice. À ses yeux, elle était sa sœur et pas sa demi-sœur. Ils venaient tous les deux de leur père, cette divinité sur terre, que pour lui qui avait porté l'un ou l'autre, ça n'avait aucune importance.

Il était déterminé à faire rentrer sa sœur dans son monde. À faire en sorte qu'elle aime ça. Il savait que ce besoin de pouvoir était en elle, le même sang coulait dans leurs veines. Il suffisait juste qu'il arrive à le faire remonter à la surface. Il était certain que cela allait être un jeu d'enfant, après tout, c'était lui le grand frère.

Il arriva dans sa chambre et il constata qu'elle était toujours attachée au lit, et que la chambre dans laquelle elle se trouvait était loin de ressembler à une chambre d'hôtel.

« Comment va ma sœur préférée ?

- C'est fou ça, j'aurai pu jurer que tu en avais qu'une.

- C'est l'attention qui compte non ?

- On va dire ça, oui.

- Tu vas changer de chambre.

- Je pense que la première étape serait que l'on me détache déjà, que je n'ai pas besoin d'appeler un de tes hommes pour pouvoir aller aux toilettes.

- C'est prévu, oui. »

Elle tendit ses mains tout en levant ses sourcils pour lui signifier qu'elle attendait. Il fit un signe de main à son assistant pour qu'il vienne la détacher. Une fois son poignet libéré, Alice y jeta un coup d'œil et découvrit une grosse tâche entre le bleu et le violet. Elle lança un regard noir à Arthur. Il s'excusa très brièvement. Il lui demanda en suite d'aller prendre sa douche et de se changer. Il lui expliqua qu'ils allaient préparer sa nouvelle chambre, mais qu'avant d'aller la voir, il allait lui montrer une grande partie du fonctionnement de son laboratoire.

La sensation de l'eau chaude sur sa peau fût d'un réconfort comparable à aucune sensation qu'elle avait ressenti avant. Elle eut le reflex d'arrêter l'eau pour que la facture ne soit énorme puis elle se rappela que le directeur était quand même un con, elle resta donc sous l'eau 10 minutes de plus. Quand son frère vint la chercher, il lui fit remarquer que sa douche avait été particulièrement longue. Sa réponse ne fut qu'un grand sourire et de lâcher sa serviette pour les cheveux par terre. Il soupira. Mais, il se retrouvait très bien dans ce comportement : désintéressé, hautain et sûr de soi. Il n'avait aucun doute sur le fait qu'elle était sa sœur. Avoir confiance n'empêche pas de vérifier. Il lança un regard à son adjoint qui récupérera la serviette au sol pour prélever des cheveux et faire un test ADN.

De son côté, Mahlia était maintenant rendue derrière la porte bleue. Elle ressentit une violente angoisse envahir chacune des cellules de son corps et elle regarda les infirmiers avec un regard les suppliant de la lâcher.

Devant elle se trouvait une chaise ressemblant à celle que l'on trouve dans les cabinets de dentiste, en bien plus menaçante. À côté de ce magnifique fauteuil, il y avait une table médicale avec, beaucoup trop de seringues remplies de liquide bleu, vert, jaune et rouge. Jusque-là Mahlia se débattait. En quelques secondes, toute la force présente dans son corps s'était fait la malle. Il la traînait toujours, mais plus parce qu'elle ne voulait pas coopérer, mais car les jambes de la jeune fille ne lui répondaient malheureusement plus. Après l'avoir installée, contre sa volonté, mais pas vraiment de force, les hommes en blouse blanche lui attachèrent les poignées et les chevilles. Elle avait aussi une sangle qui passait devant son front, et ils sortirent un mouchoir tout neuf qu'ils placèrent dans sa bouche. À partir de ce moment-là, Mahlia savait qu'elle allait souffrir. Arthur entra en enfilant des gants, de gros gants en plastique, comme ce que l'on utilise pour faire le ménage.

Le directeur commença à parler, mais la jeune fille était déjà bien trop loin. La panique commençait à envahir son corps et à quelques secondes près, elle aurait laissé des larmes couler le long de sa joue. Elle ne pouvait pas s'autoriser ça.

Dans tous les mots incompréhensibles qui sortaient de la bouche du directeur, un seul retient l'attention de Mahlia : seringue. Même si elle se doutait grandement que les seringues posées sur la table à côté d'elle lui étaient destinée, là, elle en était certaine.

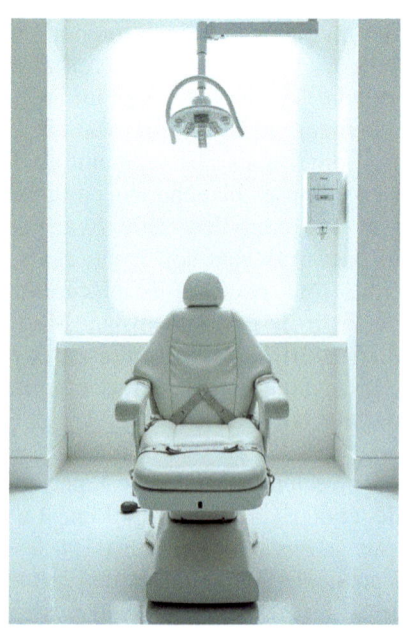

Arthur, pris une des seringues qui contenait du liquide rouge, très peu rassurant, et il s'avança vers la jeune fille. Elle céda, non pas à la panique, mais au trop-plein. Son corps avait simplement décidé d'arrêter d'avoir peur. Elle accepta à son sort. L'aiguille pénétra dans son cou, elle ne savait absolument pas si l'aiguille pénétrait une veine, un nerf ou quoi que ce soit d'autre. Le liquide était très épais et elle le sentait se diffuser dans son crâne. La sensation n'était pas forcément douloureuse, mais elle n'était pas non plus agréable.

Elle perdit connaissance.

Quand elle se réveilla, enfin, une étrange sensation parcourrait ses jambes. Elle était encore tellement sonnée qu'elle n'y prêta pas réellement attention. Elle réalisa qu'elle était toujours assise et attachée au siège et que tout le personnel grouillait toujours autour d'elle. Elle reprenait doucement ses esprits et elle avait l'impression que ses nerfs recommençaient à fonctionner en commençant par le haut de son corps, puis son tronc, et enfin ses jambes.

Ses jambes. La sensation dans ses jambes était anormale. La sensation dans ses jambes était douloureuse.

Elle essaya de baisser la tête pour vérifier ce qui se passait, mais malheureusement sa tête était toujours maintenue par une sangle. Arthur prit la parole :

« Mahlia ? Mahlia, tu m'entends ? La jeune fille tourna la tête lentement, dans la limite de ce qui lui était possible, bon tant mieux, tu es de nouveau consciente. Un infirmier va entrer dans la pièce pour venir desserrer la sangle qui te tient le crâne. »

Le cobaye vit un homme vêtu d'une blouse arrivé et comme convenu, il ouvrit la boucle et dessera deux crans plus larges que la minute d'avant. Elle put bouger sa tête pour se dégourdir le cou. Une fois ses esprits reprit, Mahlia put enfin baisser la tête et voir ses jambes.

SES JAMBES. Elles étaient… en bois. Elle voulut hurler, mais elle en était incapable. Ses yeux se remplissaient de larmes. Plus l'anesthésie se dispersait et plus la douleur prenait place. La douleur était incomparable. Qu'est-ce que l'on pouvait comparer à des jambes en bois ? Pas grand-chose effectivement. Le même infirmier qui n'avait pas quitté la pièce s'approcha d'elle pour maintenant la détacher entièrement. Il lui demanda de marcher, chose à laquelle Mahlia répondit par un regard angoissé et interrogateur. Elle ne respira pas pendant quelques longues secondes. Puis, elle entendit Arthur lui dire qu'elle devait se plier à ce que lui demandait l'infirmier.

Elle n'avait pas la force de s'opposer à cette demande. Elle commença donc à mettre son pied droit devant son pied gauche et une douleur vive et aiguë parcourue tout son corps, du bout de son orteil en passant par toute sa colonne vertébrale et allant chercher jusqu'au sommet de son crâne. Elle poussa un cri strident qui arriva jusqu'aux oreilles de Tom. Il reçut une décharge au niveau du cœur.

« Tient bon… » pensa-t-il.

Quelques heures plus tard, Tom se trouvait dans sa chambre car c'était l'endroit où il entendait le moins les cris de Mahlia. Malheureusement, il tournait en rond et ne savait pas si elle était sortie de cette salle de torture ou non. Il voulut vérifier et se dirigea donc vers la salle commune. Son cœur se serra à nouveau. Mahlia était bel et bien de retour, mais elle était recroquevillée sur elle-même sur le fauteuil du fond de la salle, les mains tremblantes, les yeux pleins de larmes qui n'arrivaient pas à couler et le regard plus vide que jamais.

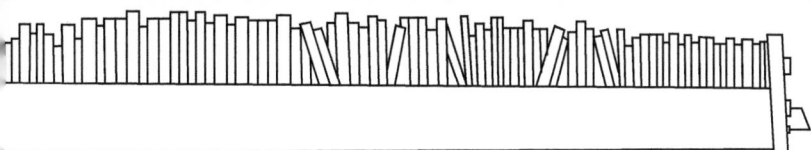

CHAPITRE 18

« PERTE DE CONFIANCE »

3 jours étaient passés et rien n'avançait. Clémence s'interdisait de perdre espoir mais là, elle sombrait. Comment allaient-ils faire pour sauver ses amies si rien n'avançait ? Si toute l'enquête stagnait ? Et si tous les éléments qui existés sur cette histoire étaient entre leurs mains et qu'ils ne suffisaient pas à résoudre l'énigme ? Et si ses amies étaient mortes ? `

Elle était persuadée de ne pas en faire assez. Elle se sentait nulle, incapable, bonne à rien, détestable, idiote, mauvaise, inapte, incompétente et surtout impuissante. Elle devenait folle. Elle se sentait observée partout où elle allait, même quand elle restait juste dans son lit. Il lui arrivait de se retourner d'un coup alors que son cœur était sur le point d'exploser car elle était persuadée que quelqu'un se trouvait derrière elle. Evidémment, à chaque fois elle se retrouvait uniquement face à elle-même. Et à sa colère.

La porte de sa chambre était vérouillée. Mathieu toquait plusieurs fois par jour et il lui parlait à travers ce rectangle de bois. Mais elle ne lui répondait jamais. La plupart du temps elle était assise en boule derrière la porte quand il lui parlait. Sa voix l'apaisait. Elle espérait toujours qu'il reste un petit plus. Mais dès qu'il tournait les talons ses démons revenait. Elle se demandait même s'il n'était pas de mèches avec les kidnappeurs de ses amies. Et si il était le grand chef d'un réseau de mafia de je ne sais quel pays ? C'est vrai quand on y pense, il était très intelligent, plutôt futé, et son poste le permettait de surveiller de très près que personne ne se rapproche trop près de la vérité.

Elle perdait la tête. Elle se mettait à douter de tout ce qui l'entourait et de toutes les personnes qu'elle avait croisées depuis la disparition de ses amies. Elle n'avait plus confiance en personne. Elle n'avait plus confiance en elle non plus. Elle savait qu'on attendait beaucoup d'elle et elle ne savait pas du tout si elle était capable de supporter cette pression permanente.

Et puis elle était elle-même en danger. En admettant que Mathieu était le gentil inspecteur qu'il prétendait être. Il lui restait toujours le risque d'être à son tour amenée elle ne savait où. Puis elle recommença à s'en vouloir : elle était là, entourée d'un nombre incalculable de personnes pour la protéger, avec une assiette remplie à chaque heure de repas de la journée, avec un lit confortable. Et ses amies ? Elles étaient peut-être au fond d'une cave, sans nourriture ou même maltraitées. Et elle, elle osait se plaindre, elle osait penser que ce qu'elle vivait était un enfer. Elle se trouvait tout à coup bien trop égoïste, bien trop égocentrique. Elle ne pouvait s'empêcher de s'en vouloir.

Ses jambes lâchèrent sous le poids de l'émotion et elle tomba à genoux. Elle pleurait, encore et encore. À ce moment elle pleura pendant de longues minutes si ce n'était pas des heures. Plusieurs personnes vinrent frapper à sa porte alertées par les sanglots qui s'échappaient de sa chambre. Elle ne répondit à aucun d'entre eux. Elle en etait incapable. Son cœur la brûlait, ses yeux n'arrivaient plus à s'ouvrir. Après ces longs instants de souffrance, elle s'endormit, à même le sol.

Elle mit un certain temps avant de se rappeler ce qui s'était passé la veille car elle venait de se réveiller dans son lit, bordée. Quand elle jeta un coup d'œil vers la porte de sa chambre, cette dernière était entre-ouverte. Son rythme cardiaque s'accéléra. Elle l'avait femée à clé cette porte. Cela voulait dire que quelqu'un d'autre en avait la clé.
Elle sauta de son lit et descendit les escaliers deux par deux, ne manquant presque de

tomber. Elle déboula dans la cuisine à une vitesse folle.

« Qui est venu me coucher ?

- Bonjour Clémence, oui nous avons tous très bien dormi c'est adorable de demander et toi comment s'est passé ta nuit ? Lui répondit Mathieu, ironiquement bien sûr.

- Mathieu je ne rigole pas du tout, qui est venu me coucher ? Son ton était sévère ce qui obligea Mathieu à se redresser sur sa chaise.

- Pourquoi tu es autant sur la défensive ce matin Clem ?

- Oh attends laisse moi quelques secondes pour réfléchir, peut-être parce que je suis enfermée dans une maison qui n'est pas la mienne car mes deux meilleures amies se sont faites enlevées par je ne sais pas qui, ou quoi même d'ailleurs on peut s'autoriser n'importe quelles suggestions, et que je me suis endormie au sol la porte verrouillée, puis réveillée dans mon lit la porte entre-ouverte !

Mathieu commença à sérieusement s'inquiéter.

- Clémence c'est moi qui suis venu vérifier si tu allais bien et qui en ai profité pour te déposer sur ton lit. »

Le cœur de la jeune femme se serra à nouveau. Elle se sentait mal, comme une petite fille à qui on dirait des mensonges parce qu'on ne peut pas lui faire confiance. Elle se sentait complément trahie.

« Tu as la clé de ma chambre Mathieu ? »

Son ton était si accusateur que l'homme qui se tenait en face d'elle ne su quoi lui répondre. Il se contenta de hocher la tête avec un regard interrogateur. Il ne voyait pas en quoi cela pouvait poser un problème. Ce silence suffit à la jeune fille. Elle repartit de la où elle était arrivée.

Une fois dans sa chambre elle attrapa sa valise et la jeta sur le lit. Elle prit tous ses vêtements et les jeta à leur tour à côté de la valise. D'un mouvement fluide de la tête elle envoya ses longs cheveux roux derrière son dos pour pouvoir y voir plus clair. Elle fit sa valise à une vitesse, elle s'impressionna elle même. Elle avait mis de côté de quoi se changer, elle n'allait quand même pas rester en pyjama pour traverser toute la ville à pied.

Alarmé par le son des roues de la valise dans l'escalier, Mathieu sauta de sa chaise pour allait voir ce qu'il se passait dans le couloir. En passant sa tête à travers la porte de la cuisine il découvrit la silhouette d'une jeune femme, les cheveux longs et roux, se tenant dans l'entrée, valise à la main. Il commença par lui demander ce qu'elle était en train de faire mais Clémence continua son chemin sans même prêter attention à celui qui lui courrait après.

Une fois rendue dans la rue, Mathieu commença à sérieusement s'énerver. Il appela la jeune fille d'une voix sévère. Plusieurs fois. Elle finit par se retourner et le jeune homme ne s'attendait pas du tout à ce qu'il allait entendre.

« Tu t'arrêtes Mathieu. »

Il ne s'arrêta pas.

« J'ai dit tu t'arrêtes, sa voix et son regard étaient si noirs, de quel droit tu te permets de me suivre ? De quel droit tu te permets de te proclamer mon agent de sécurité personnel ? De quel droit tu me caches tout ce temps. Lorsque je suis enferrmée dans ma chambre au final je ne le suis absolument pas et quand tu veux tu peux venir regarder, espionner et même fouiller ? De quel droit Mathieu ? Alors maintenant je te le dis, je rentre chez moi, je vais dormir chez moi, je vais vivre chez moi, je ferai mes recherches chez moi. Et j'ose espérer que tu n'as pas un double de ma porte d'entrée. »

Sur ce, la jeune fille tourna les talons et partit sans même laisser le temps de se défendre à l'inspecteur. Ce dernier resta les bras le long du corps, complètement bouche bée, à la regarder s'éloigner de lui petit à petit. Une partie de son cœur eu mal à ce moment précis. Vraiment mal.

De longues minutes plus tard la voilà à seulement quelques centaines de mètres de sa maison. Elle changea de main pour tirer sa valise qui était bien plus lourde qu'elle ne l'avait imaginé. Arrivée à la hauteur de sa maison elle prit quelques secondes pour la contempler. Un sentiment de calme planait tout autour d'elle. Elle glissa la clé dans la serrure et entra. Bien évidemment elle referma derrière elle et laissa la clé dans la porte pour éviter qu'une autre clé ne puisse entrer. Après avoir vérifié que toutes les fenêtres et toutes les portes étaient bien verrouillées, elle fila dans sa chambre en laissant sa valise dans l'entrée. Elle s'allongea de tout son long sur son lit et prit une grande inspiration. Après cela, tout son corps, du haut de son crâne à son petit orteil, tout se détendit profondément. Elle ressentait une sensation de confort qu'elle n'avait plus ressenti depuis longtemps. Même si l'horrible réalité de ce qu'il se passait en ce moment trottait toujours dans un coin de sa tête.

Elle s'endormit très rapidement même si elle venait à peine de débuter sa journée. Ce jour là, elle dormit vingt heures d'afilées. Elle se réveilla le lendemain, à 8:00, exactement dans la même position que la veille.

De son côté Mathieu était perdu. Et le mot était bien choisi. Il ne savait plus où il se trouvait, ce qu'il devait faire, ce qu'il avait mal fait, pourquoi Clémence l'avait traité ainsi ? Comme si elle se méfiait de lui, qu'elle ne lui faisait plus confiance et qu'elle le craignait. Mais pour quelles raisons ? Tout ce qu'il voulait c'était la protéger. Il était assis par terre, face à la chambre de Clémence, il n'osait pas y entrer, il ne voulait pas transgresser encore une fois l'intimité de la jeune fille. Pourtant il mourait d'envie de s'assoir juste à l'entrée de la chambre, afin de se sentir un tout petit peu plus proche d'elle... Il avait peu pour elle, il ne savait même pas si elle était arrivée saine et sauve chez elle, si elle n'avait pas fait une mauvaise rencontre sur la route. Il était décider à respecter sa décision de vivre chez elle, seule. Cependant il ne pouvait s'autoriser à la laisser sans aucune protection, cela représenterait un risque trop grand. Il partit donc acheté deux batteries portables pour son ordinateur, deux duvet et un coussin, et une gourde. Une grosse gourde. Une fois ses achats terminés, il se rendit chez Clémence. Du moins, à quelques mètres. Et toujours dans sa voiture.

Après plusieurs heures à travailler sur son ordinateur et à ne voir aucun mouvement à aucune fenêtre de la maison de Clémence il commença à s'inquiéter. Et si elle n'était jamais arriver jusque là ? Si elle aussi elle avait disparu. Une vague de colère submergea le jeune homme. Il fixait la porte d'entrée tout en cherchant en moyen d'être sûr qu'elle soit bel et bien à l'intérieur de la maison. Sa colère ne cessait de grandir en lui quand tout à coup, Clémence ouvrit ses rideaux.

Elle était bien arrivée.

CHAPITRE 19

« MOURIR DE FAIM OU SE FORCER À MANGER »

TRIGGER WARNING : TCA

Voilà que la sonnerie annonçant le dîner s'était mise à sonner. À contre cœur et en essayant de ne pas regarder vers Mahlia, Tom se dirigea lentement vers ce qu'ils appelaient la cantine. Une très grande salle sombre et froide remplie de bancs et de tables en métal. Rien qui n'ouvre vraiment l'appétit. Et l'odeur. Quelle odeur ! Un mélange d'œuf passé et de lait caillé. Un haut le cœur parcourait tout le corps de Tom dès qu'il entrait dans cette salle. Et ce n'était sûrement pas le seul à qui cela faisait ça.

Malgré tous les risques que ce petit geste représentait, Tom tourna la tête pour voir si Mahlia s'était levée pour venir manger. Elle n'avait évidemment pas bougé d'un millimètre. Au moment où, il allait se retourner pour aller attraper son plateau, le jeune homme croisa le regard du directeur. Il savait que ce regard envers Mahlia était la meilleure façon d'éveiller des soupçons.

« Sujet 007 ? Le directeur interpela Tom.

Merde.

- Oui, monsieur le directeur ?

Absolument chaque muscle du corps du jeune homme étaient contractés même s'il essayait tant bien que mal de ne pas le montrer. Il avait peur, mais son courage était plus fort. Malgré cette audace sans limite, toutes les heures passées derrière la porte bleue lui revenaient en tête, une à une, avec tous les détails qui vont avec.

- Qu'est ce que tu regardais ? Demanda Arthur, tout en connaissant bien évidemment déjà la réponse.

- Cette fille, je la trouve faible. Elle n'a même plus la force de se lever et de venir manger, après si peu de temps. »

Ces mots arrachèrent le cœur de Tom, mais il devait se protéger pour avoir une toute petite chance de sauver Mahlia.

Arthur sourit légèrement. Tom se retourna et partit chercher son plateau. Il ne savait pas si le directeur le croyait, ne serait qu'un tout petit peu, mais il décida d'agir comme si c'était le cas. Son ventre se battait contre le mal qui commençait à s'installer.

Malheureusement, Tom connaissait la règle. Soit on ne mangeait pas, soit une fois installait à table, on ne se lève pas tant que l'on a pas fini de manger. Avec le temps, le corps de Tom avait développé des TCA. À chaque fin de repas, il finissait la tête dans les toilettes, non pas qu'il voulait perdre du poids, mais son corps ne supportait pas les quantités données. Cette maladie affaiblissait Tom de jour en jour. En plus de se battre contre Arthur, Tom se battait contre son corps. Aujourd'hui c'était purée de pomme de terre bien compacte et bœuf. Il savait que ça allait être dur. La portion de purée servie était tellement grosse et riche qu'elle aurait suffit à nourrir une ville en pleine apocalypse, pendant au moins une semaine. Mais ce n'était pas le moment d'y penser. Il commença à manger sans réfléchir, tout ce qu'il voulait c'était que toute la nourriture passe, il se débrouillerait après. Comme tous les jours. Depuis des mois.

À la fin du repas, il se força à contenir la nourriture dans son estomac pour avoir le temps de voir comment allait Mahlia. Elle n'avait pas bougé.

Ses yeux retenaient toujours une quantité incalculable de larmes, qui n'arriveraient jamais à couler. La douleur était trop grande, trop forte, elle n'était pas elle-même. Tom se rua dans sa chambre après un dernier coup d'œil à la pauvre jeune fille. Il partit directement dans sa salle de bain et se vida une première fois. Puis il s'asseya au sol, écroulé de fatigue, en pleurs de douleurs, la tête complément ailleurs, avec des vertiges. Il savait que plus vite il aurait rendu son repas, plus vite il irait mieux. Mais ces quelques minutes étaient un véritable supplice, qui devenait de plus au plus éprouvant au fil des jours. Avec le peu de force qui lui restait, il se remit à genou puis il enfonça son index et son majeur au fond de sa gorge. Il eu l'impression que son cœur allait se déchirer des veines et des artères qui le maintenait. Il priait de toute son âme pour réussir à se faire vomir, et rapidement. Au bout de quelques minutes de torture, il ne restait plus rien au fond de son ventre. Il s'essuya la bouche et tira la chasse. N'ayant plus aucune force dans laquelle puiser, il s'écroula au sol et s'endormît, contre le carrelage froid et à seulement quelques mètres de son lit.

Il se réveilla à minuit passé, il soupira. L'heure était passée. Il était donc condamné à rester dans sa chambre toute la nuit. Il pensa évidemment à Mahlia. Il était inquiet. Il avait lui aussi passé de longues heures derrière la porte bleue. Cependant, il avait l'intuition, déconcertante, que c'était différent pour la jeune fille. Plus rude. Plus dur. Plus éprouvant. Plus fatiguant. Tellement qu'elle en ressortait de plus en plus vidée. Il savait très bien qu'elle était un sujet vouée à faire des problèmes à la direction. Et, malheureusement, il savait que la direction en avait conscience. S'acharnaient-ils sur elle pour être certain qu'elle ne cause aucun débordement ? Ils en étaient plus que capable, Tom le savait. Ce fut la cause de cette énorme vague glacée qui parcouru chacune de ces vertèbres, l'une après l'autre. Il se torturait l'esprit au lieu de se reposer, alors qu'il ne pouvait absolument rien faire. La porte de sa chambre était verrouillée et il ne savait même pas où elle se trouvait en ce moment. Elle pouvait être à tellement d'endroit : dans sa chambre, à l'infirmerie, toujours dans la salle commune, dehors, derrière la porte bleue...

Un hurlement. Elle était bel et bien derrière la porte bleue. Encore. Mahlia était incapable de déterminer si elle souffrait atrocement, ou si elle ne sentait plus rien. Ses sens étaient complètement perdus, elle ne ressentait plus rien de la même manière. La seule odeur qu'elle arrivait à distinguer était celle du laboratoire. Le seul gout qu'elle sentait était celle du sang dans sa bouche. Le seul son qui parvenait jusqu'à ses tympans n'était qu'un bourdonnement sourd. Tout son corps était engourdi et elle avait l'impression que son champ de vision s'était rétréci. Peut-être que c'était seulement la fatigue.

Tout ce qu'elle pouvait faire maintenant, c'était hurler. Son corps ne répondait plus, elle ne pouvait plus se débattre et elle avait compris, il y a un moment déjà, qu'elle ne pouvait pas se débattre. L'adversaire était trop fort. Trop nombreux. Plus les jours passés, dans cette souffrance interminable, plus elle perdait l'espoir de s'en sortir. Elle savait qu'elle allait mourir ici, attachée à cette chaise, derrière cette porte bleue.

Une chose lui revenait. Toutes ces choses qui lui étaient faites, toutes ces situations auxquelles elle était confrontée, lui étaient particulièrement familières. Elle cherchait, encore et encore, à en avoir mal au crâne, elle l'avait sur le bout de la langue. Mais elle ne retrouvait pas d'où.

Le prochain test qui s'offra à elle était réellement dur, physiquement parlant. Durant plus de vingt-quatre heures, son poids avait été divisé par deux, il ne lui restait que la peau sur les os, aucune force, son corps refusait toute nourriture, toute hydratation. Elle avait mal, dans chaque atome de son corps. Elle cogitait, encore et encore. De toute manière c'était la seule chose qu'elle arrivait encore à faire. Son cerveau commençait doucement à comprendre d'où venaient ces tests. Elle n'avait pas encore collé tous les morceaux, mais ça arrivait petit à petit.

Elle se rappelait s'être dit, plusieurs fois, qu'elle préfèrerait être deux fois plus mince, que deux fois plus grosse. Elle le regrettait maintenant.

Il est vrai qu'elle se serait détestée avec un poids doublé, mais là elle était à la limite de la mort. Pour une raison qu'elle pensait esthétique. Son corps criait famine mais la moindre odeur alimentaire lui soulevait le cœur. Et avec le peu de force qu'il restait à l'intérieur d'elle, chaque haut-de-cœur était une vraie torture.

Alice était dans sa nouvelle chambre, grande, belle, avec une télé, un lit queen size avec des draps neufs, une grande bibliothèque fournie, une table et deux chaises près de la fenêtre, qui évidemment ne s'ouvrait pas. Il sourit. Il n'avait pas confiance en elle. Elle n'avait pas confiance en lui non plus. Mais il fallait qu'elle le prenne à son propre jeu, si elle voulait que cette histoire avance et obtenir le plus d'informations possibles, il fallait qu'il pense que sa sœur lui accordait toute sa confiance. Sans qu'elle ne tombe vraiment dans son jeu. Il était charismatique, il était sa famille, il un promettait une vie de reine, il ne fallait pas qu'elle se laisse tenter. Mais lui il fallait qu'il y croit, dur comme fer. Sinon elle ne sortirait jamais de cet enfer, et elle ne sauverait jamais Mahlia de sa torture.

Arthur entra dans sa chambre, en toquant mais sans attendre une réponse de la part de sa petite sœur. Elle sursauta et lui lança un regard noir. Il sourit. Il aimait ce comportement, il se retrouvait en elle. C'était égocentrique et narcissique. Mais c'était lui. Et ça allait très probablement être une bonne chose pour Alice.

« Bonjour ma sœur. Comment tu trouves ta nouvelle chambre ? On t'a donné la meilleure, ou presque, il jeta un coup d'œil vers la fenêtre. Alice tourna la tête dans la même direction.

- Elle est plutôt bien, j'espère qu'il y a d'autres moyens d'aérer la pièce par contre. Ils se regardèrent, il sourit puis reprit.

- Il est vrai que ce n'est pas une manière très polie de traiter sa sœur, mais je suis sure que tu comprends mon côté méfiant. Je ne te connais que depuis quelques jours, je ne connais rien de tes intentions. Je ne peux pas prendre le risque que tu détruises ce que j'ai construit, j'ai besoin de temps pour que tu comprennes l'enjeu de cet endroit.

Elle prit sur elle.

- Je te comprends, bien évidemment. Je ne comprends pas encore tout ce qui se passe ici, mais je suis prête à apprendre, à comprendre et qui sait, à devenir ton bras droit un jour.

Les yeux de son frère s'illuminèrent.

- Es-tu sûre de ce que tu avances là ? Il était quand même sur ses gardes.

- Oui, je pense. Il me manque encore pleins d'informations, je suis incapable de comprendre aujourd'hui. Mais ça viendra j'en suis sure. »

Elle avait été convaincante. Très convaincante. Il croyait ce qu'elle disait. Il commençait, doucement, à avoir confiance en sa sœur. Après tout, elle était du même sang que lui.

Tom s'était rendormi. Il fut réveillé par l'homme en blouse qui toquait tous les matins à la même heure pour annoncer l'heure du petit déjeuner. Seul repas obligatoire. Il se douche en vitesse et se changea. Puis il attendit derrière sa porte qu'on vienne lui ouvrir.

Comme tous les jours.

Il traîna des pieds jusqu'à la cantine tout en cherchant Mahlia du regard, discrètement. Ce repas était obligatoire pour tout le monde, peu importe si on était en test ce jour là ou non. Il l'aperçu, elle avait l'air encore plus affaibli que la veille. Il se força à ne pas regarder trop longtemps, pour leur bien à tous les deux. Il avait mal au coeur encore plus qu'au ventre, c'était pour dire. Il la voyait, assise le regard vide, tenant sa petite cuillère du bout des doigts. Puis elle commença à manger, lentement. Le cœur de Tom s'allégea. Mahlia était toujours là, quelque part sous cette épaisse couche de souffrance. Elle était encore là. Il y avait encore un espoir qu'il puisse la sauver.

Le fait qu'Arthur ne s'intéresse plus qu'à Mahlia attirait l'attention des autres sujets. La discipline commençait à se dissiper, ils n'avaient plus peur, ils parlaient tous forts, ils rigolaient, ils passaient du bon temps car sans les tests, ce laboratoire n'était qu'un grand bâtiment où tout le monde était nourri, blanchi et logé. Le directeur commençait à s'en rendre compte et cela ne lui plaisait absolument pas. Il allait devoir laisser Mahlia se reposer pour faire régner l'ordre à nouveau.

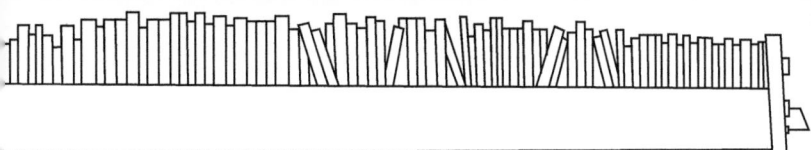

CHAPITRE 20

« DES VIENNOISERIES AU PETIT DÉJEUNER. »

Trois jours étaient passés depuis que Clémence avait fait sa crise. Elle regrettait un peu les mots qu'elle avait dit à Mathieu. Mais une partie d'elle se méfiait toujours. Elle avait le sentiment profond que Mathieu veillait sur elle, même si elle lui avait formellement interdit.

Sa mère et son frère n'étaient pas là. Vincent était reparti en Uruguay où il faisait ses études et sa mère, hôtesse de l'air, était repartie au travail la conscience tranquille car sa fille était bien entourée.

Elle se leva assez tôt ce jour là, à 7:30 á peine elle était déjà en train de petit déjeuner dans la cuisine. Elle s'était assise au grand comptoir et elle mangeait ses céréales tout en regardant les photos qu'elle avait de ses copines disparues. Une boule, particulièrement désagréable se forma dans son estomac. Elle se demandait encore et encore pourquoi pas elle ? Du moins, pourquoi Mahlia et Alice ? Qu'avaient-elles fait ? Qui leur voulait du mal ?

Elle se sentait très mal d'être dans sa maison, à peu près en sécurité et dans le confort. Elle n'avait aucune idée de ce que ses amies étaient en train de vivre, mais elle avait l'intuition que ce n'était rien de positif. Elles souffraient.

Et elle, elle était là, devant son bol de céréales au lieu de chercher des solutions à cette affaire. L'idée de jeter son bol à travers la pièce lui parcouru sérieusement l'esprit. Gaspiller la nourriture n'était peut être pas la solution. S'ouvrir le pied sur un bout de bol cassé non plus.

Une fois son petit déjeuner terminé elle partit s'habiller, en regardant par la fenêtre elle vit une voiture, la même que ces derniers jours, garée au même endroit et surtout, qu'elle ne connaissait pas dans le voisinage.

Elle comprit.

Elle enfila un pull et un jean et elle descendit les escaliers à la vitesse de la lumière, ou presque. Elle enfila ses baskets et sortit en claquant la porte. Sans oublier de prendre les clés.

Le claquement de porte réveilla Mathieu. Il savait très bien ce qui était en train de se passer. Ça aller crier. Et fort.

« MATHIEU ANDERSON QU'EST CE QUE TU FAIS ICI ? Non en fait ne réponds pas je ne veux même pas savoir. Je t'ai demandé une chose, une seule : de me laisser tranquille, de faire ton enquête et de me laisser chez moi. Loin de toi.

Elle avait rajouté ces trois petits mots un peu à contre cœur. Elle ne le pensait pas réellement.

- Clémence, je voulais juste te protéger, répondit-il, attristé de ce qu'il venait d'entendre.

- Mais je ne suis même pas certaine que le mal ne vienne pas de toi. Tu es apparu dans ma vie pile au moment où mes amies ont disparu.

- Clémence je suis chargé de l'enquête.

- Et qu'est ce qui me le prouve Mathieu ?

- Mon badge !

- Effectivement il n'existe pas de badge disant « je suis le méchant. »

Mathieu ouvrit sa portière et sortit de la voiture afin de se rapprocher de Clémence. Il parla d'une voix douce.

- Tu penses sincèrement que c'est moi le méchant ?

Elle n'eut même pas besoin de réfléchir une seconde. Elle le regarda dans les yeux.

- Non. »

Ils étaient là, tous les deux au milieu de la route. Les cheveux de Clémence étaient coincés dans son pull, sauf quelques petites mèches sur le devant. Ils se regardaient tellement profondément dans les yeux que leurs cœurs se synchronisèrent. Mathieu ne put résister. Clémence n'attendait que ça. Il s'avança. Passa une main sur sa taille. L'autre sur sa joue et il posa ses lèvres sur les siennes.

Une fois que leurs lèvres se séparèrent, ils se regardèrent dans les yeux sans rien dire. Puis ils sourirent tous les deux. Clémence brisa le silence :

« Dis moi, tant que t'es là, tu peux m'accompagner faire des courses ?

Ils rigolèrent.

- Va chercher ton sac, je t'ouvre la portière. »

Après avoir fait les courses, Mathieu resta pour cuisiner avec Clémence. Et il resta dîner. Au moment d'aller se coucher Clémence était nerveuse. Elle n'était absolument pas prête à ce qu'il dorme avec elle. Elle n'eut même pas besoin d'évoquer ce sentiment, il l'embrassa sur le front.

« Je serai dans la voiture si tu as besoin. »

Elle sourit, ferma la porte et monta dans sa chambre. Elle regarda par la fenêtre. Elle pourrait le faire dormir sur le canapé quand même. Ça n'avait pas l'air de le déranger. Elle se mit au lit puis se mit à sourire bêtement. Puis elle se questionna, qu'allait-il se passer maintenant ? Va-t-il la laisser continuer à travailler sur l'enquête où va-t-il vouloir l'éloigner le plus possible de cette histoire, pour sa protection. Elle sortit de sous la couette pour aller vérifier que Mathieu était toujours là.

Évidemment, il était toujours là. Elle partit se coucher, pour de bon cette fois ci.

Elle se réveilla de bonne humeur. Elle passa par la salle de bain pour se rafraîchir comme tous les matins puis elle descendit au salon. Avant de préparer son petit déjeuner, elle alla vérifier si son inspecteur était toujours garé devant la maison. Elle ouvrit la porte et elle tomba sur Mathieu les mains prises pas des poches remplies de viennoiseries. Il s'approcha d'elle, l'embrassa naturellement puis lui demanda :

« Tu as bien dormi cette nuit ? J'attendais de voir tes rideaux ouverts pour venir toquer mais tu m'as devancé.

- J'ai bien dormi ça va oui, et toi ? Par trop compliqué dans la voiture.

Il marchait jusqu'au comptoir et elle le suivait.

- Oh non tu sais ça va, j'ai déjà dormi dans des conditions bien plus extrêmes. J'ai plutôt bien dormi, jusqu'à que ton voisin se décide à sortir ses trois chiens qui ont hurlé en passant la porte. »

Elle ria, il reprit.

- Si tu préfères rester ici, dormir ici et faire ta vie dans ta maison je peux le comprendre et je t'en empêcherai pas. Je ferai en sorte de toujours être dans les parages pour être certain qu'il ne t'arrive rien. Je ne me le pardonnerai pas sinon.

- J'ai bien compris, un peu tard, que tout ce que tu faisais c'était pour me protéger.
- C'est pas trop tôt… il sourit.

- Ce n'est absolument pas contre toi Mathieu ! Je me sens juste mal d'être ici, dans le confort et en sécurité sans savoir si mes amies sont encore en vie ! »

Elle se mit à pleurer. Son, tout nouveau, copain savait qu'il n'y avait rien à dire. Il s'approcha et la prit dans ses bras, encore une fois naturellement. Elle enfouit sa tête contre son torse, les bras autour de sa taille et lui entoura ses épaules de ses bras et la serra. Pendant plusieurs minutes.

Le temps qu'elle évacue tout ce qu'elle retenait depuis ces longues semaines.

Puis elle commença à se calmer. À respirer plus lentement. Elle releva la tête vers lui, il lui sourit. Un sourire qui voulait dire que tout allait finir par rentrer dans l'ordre. Un sourire qui voulait dire que tout allait bien. Elle baissa la tête et s'excusa.

- Pourquoi tu t'excuses ? Demanda-t-il réellement étonné.

- Je suis désolée de m'être effondrée comme ça.

- Clémence tu n'as absolument pas à t'excuser est-ce-que tu te rends compte de ce qui t'arrive en ce moment ? Tes meilleures amies ont disparu, tout ton quotidien a été chamboulé, tu n'as pas été au lycée depuis des jours, la situation est incompréhensible, pour le moment. Tu as toutes les raisons du monde de te mettre à pleurer. Et quand bien même tu n'aurais pas de raison, si tu en as besoin ne culpabilise pas pour ça.

- Merci Mathieu.

- Ne me remercie pas et va manger tes croissants. Une fois que tu te seras préparée on ira au poste continuer nos recherches. On va pas lâcher. »

Quelques heures plus tard, Clémence et Mathieu ont rejoint Esteban au poste pour avancer dans l'enquête. Esteban souligne un détail très important.

« Mahlia habite dans une résidence militaire c'est fou qu'on ait aucune image de son enlèvement quand même.

Mathieu et Clémence levèrent la tête en même temps pour se regarder et se rendirent compte tous les deux que :

- On ne les a pas consultées

En coeur.

*   *   *

Le trio avait maintenant vérifié qu'elle société gérée ses caméras et il s'avère que c'était la base militaire de la ville. Ils s'y rendirent mais bien évidemment le seul autorisé à entrer et à consulter fut Mathieu. Après tout Clémence n'était qu'une lycéenne et Esteban un collégien. Ils attendirent donc dans la voiture. La jeune fille avait recroquevillé ses jambes sur elle même et elle jouait avec une mèche de ses cheveux. Esteban brisa le silence :

« Ça va mieux avec Mathieu ?

Clémence leva la tête et rougit. Ce qu'Esteban ne pouvait pas voir vu qu'il était derrière elle. Il reprit.

- Ça avait l'air d'aller ce matin, il n'y a plus de problème entre vous ?

Une question vint en tête à la jeune fille : qu'est ce qu'ils allaient dire aux autres ? Qu'ils étaient ensemble ? Plutôt le garder pour eux ? Avant de dire quoi que se soit elle allait entendre d'en parler avec le principal concerné.

- Oui, on a pu discuter, ça va beaucoup mieux. Je pense que j'avais juste besoin de me détacher de toute cette histoire quelques heures.

- Oui je comprends. Ta position n'est pas facile. Mais je suis content que ça aille mieux entre vous. Tu ne te rends pas compte à quel point Mathieu était inquiet pour toi. Je crois qu'il tient vraiment à toi. »

La jeune femme sourit. Au même moment, Mathieu sortit du bâtiment en face d'eux. Il avait ni l'air content, ni déçu. Juste impartial.
Il entra dans la voiture. Avant même que quelqu'un lui pose la question il commença :

- J'ai vu. Une camionnette grise anthracite, avec trois hommes habillés comme des agents de sécurité, la tête baissée et cachée sous des casquettes. Puis plus rien. Les archives s'arrêtent là. Elles ne reprennent qu'après le départ de la camionnette.

Après l'enlèvement de Mahlia.

Clémence prit une grande inspiration.

- Donc maintenant on en est sûr. Mahlia s'est faite kidnapper.

- Effectivement on en est sûr. »

Ils n'étaient pas vraiment plus avancés qu'avant cette visite mais l'une de leur théorie avait été vérifiée. C'était déjà ça. Qu'allaient-ils faire maintenant ?

Esteban se sentait mal d'avoir émis cette idée alors qu'il avait l'impression que ça leur avait seulement fait perdre du temps. Mathieu le rassura en lui disant que peu importe l'idée, elle serait bonne. Ils ne savaient pas vers où ils allaient dans cette enquête, alors chaque piste, même la plus étrange, était à étudier.

Clémence était pensive. Comment allaient-ils avancer sans aucune piste solide ? Il leur fallait un signe. Un indice. Une aide. N'importe quoi. Mais là, ils commençaient à sécher. Des disparitions similaires dans d'autres états ne sont pas forcément une piste fiable. Mahlia et Alice étaient littéralement les opposées physiquement l'une de l'autre. Ils ne pouvaient pas s'être basé sur ça pour les choisir. Alors sur quoi s'étaient-ils basés ? Qu'avaient-elles en commun ?

Le chemin du retour fut silencieux. Chacun se torturait l'esprit de son côté. Chacun essayait de comprendre ce qu'il se passait. Chacun essayait d'avoir le déclic que tout le monde attendait. Chacun d'eux. Mais aucune idée ne venait. Aucune solution.

Depuis des semaines c'était la même chose. Ils ne trouvaient rien. Ils ne comprenaient rien. Pendant un quart de seconde l'idée de tout laisser tomber traversa l'esprit de Clémence. Puis elle se souvint qu'elle ne pouvait pas. Elle n'avait pas le choix. On parlait de ses meilleures amies. De ses seules amies. De ses sœurs. Elle était obligée de tenir. Obligée de se battre pour elles. Elle était profondément persuadée que Mahlia et Alice n'avaient pas été choisies au hasard.

Elle avait raison. Mais ce qu'elle ignorait c'est que les deux filles n'avaient pas été choisies pour les mêmes raisons. L'une était un sujet, l'autre une potentielle future reine.

CHAPITRE 21

« LA BALADE. »

Arthur était soulagé. La terreur était revenue, le calme avec. Il avait récupéré son rôle de tyran et il adoré ça. Il gardait tout de même en tête qu'il devait formater sa sœur. Elle devait devenir comme lui, ou presque, car il ne lui céderait pas sa place. Il ne céderait sa place à personne.

Des jours étaient passés. Mahlia reprenait doucement ses esprits. Elle commençait aussi à aller mieux, à manger plus, à dormir plus sereinement. Elle se sentait moins menacée, plus en sécurité. Mais elle se méfiait quand même. Elle se demandait pourquoi Tom lui semblait si distant. Elle se torturait l'esprit à essayer de se rappeler si elle lui avait fait quelque chose, s'ils s'étaient disputés, s'ils avaient vraiment été amis.

La jolie petite blonde, potentielle future reine ne l'oublions pas, commençait doucement à s'habituer à son nouvel environnement. Sans non plus y être à l'aise, pour le moment. Mais elle avait un sentiment de familiarité, comme si elle était dans un endroit qu'elle connaissait déjà.

Elle savait qu'aujourd'hui était une grande journée. Arthur comptait lui faire découvrir tout le laboratoire dans les moindres détails . Elle savait qu'elle allait rencontrer du monde qui la connaissait elle, alors qu'elle n'avait aucune idée que cette *communauté* existait quelques jours auparavant. Elle était quelqu'un d'important dans un groupe qui lui était totalement inconnu. C'était un sentiment qu'elle avait du mal à décrire, elle était ni stréssée, ni préocupée, ni anxieuse, mais elle ressentait une sorte de malaise. Comme si elle n'était pas à sa place, alors qu'aux yeux d'Arthur elle y était enfin.

Elle se leva plus tard que les autres mais cela ne comptait pas car elle n'était plus un sujet. Elle était de l'autre côté du miroir. Elle ne se rendait pas encore compte que son statut lui donnait le rôle d'ennemie envers Mahlia, sa meilleure amie. Celle avec qui elle avait grandi. Celle qu'elle pensait pouvoir sauver. Celle qu'elle pensait ne jamais perdre. Malheureusement, son frère ne la laisserait pas ruiner son plan. Peu importe le prix que cela lui coûterait.

Arthur était surexcité. Alice, sa sœur, son sang, allait être présentée à ses disciples. Il allait enfin retrouver sa famille au complet. Il allait enfin pouvoir former et éduquer sa sœur. Lui enlever toutes les horribles valeurs que ses faux parents avaient pu lui apprendre, pour lui inculquer une veritable morale de sœur royale. Car oui, Arthur ne considérait pas Alice comme la reine. C'était lui le roi, et il était inconcevable de céder son trône. Il fallait que sa sœur soit assez appréciée par leur communauté pour qu'elle soit respectée mais pas trop non plus pour qu'ils n'essaient pas de la faire devenir reine. Place qui lui revient de droit… De père en fille, de mère en fils…

Maintenant qu'elle est là, leur peuple pourrait réclamer qu'elle reprenne sa place. Arthur avait confiance, il était là depuis plus longtemps, il savait ce qu'il faisait et il maintenait une pression. Il nétait que très peu probable qu'il se fasse renverser. Il n'avait pas peur d'Alice. Elle était une simple novice dans ce milieu. Il n'était même pas encore sûr qu'elle allait vouloir de cette vie. Il avait toujours en tête le fait qu'elle avait grandi avec Mahlia. Cela allait être compliqué de lui faire lâcher cette relation, ce lien fort qui unissait ces deux filles.

Arthur savait que si Alice fautait, il allait devoir lui ôter la vie. Ôter la vie à l'héritière…

Arthur ôta ces pensées de sa tête et il regarda la robe qu'il avait choisi à Alice pour les présentations. Une robe longue et blanche, plutôt simple, très élégante, aucune broderie, aucun artifice, un joli satin tirant vers le blanc cassé, des manches longues et un collier avec une pierre noire. Une obsidienne du noir le plus profond.

Alice venait de terminer son petit déjeuner, elle fila sous la douche avec le but de retrouver la chambre de Mahlia dans la journée. Si possible avant la ronde prévue par son demi-frère. Le problème étant qu'en sortant de la salle de bain elle se trouva nez à nez avec une robe, des chaussures et un collier. Et un mot :

« Sois prête d'ici 30min ».

Mahlia allait devoir attendre. Arthur avait d'autres plans en tête. Des plans bien plus importants que la jolie blonde imaginait. C'était pour lui un moment qu'il avait attendu toute sa vie. Pour elle un événement soudain qu'elle n'aurait jamais imaginé. Elle se retrouvait dans ce monde, rappelons le, suite à un kidnapping survenu dans une forêt. Et elle était contrainte de faire confiance à son ravisseur. Qui était de sa famille. Qui était d'ailleurs sa seule famille de sang.

Une pensée lui traversa l'esprit. Et si elle lâchait prise. Si elle passait du côté des siens, si elle laissait tomber le reste pour devenir reine ?

Non. Alice ressaisit toi.

Elle secoua sa tête et fit remonter ses souvenirs avec ses amies, avec Mahlia, avec sa famille *adoptive*. Elle ne pouvait pas renoncer maintenant. Pas pour une couronne. C'était fou. Il y a quelques semaines de cela elle n'était qu'une petite lycéenne râlant sur les devoirs donnés par le professeur de littérature, et aujourd'hui elle était dans une position lui donnant la possibilité de réclamer une couronne. Un trône.

Elle ne voulait pas céder. Elle ne pouvait pas céder. Ce n'était pas elle, elle n'était pas comme ça. Elle n'était pas une reine. Elle était l'amie de Mahlia. L'amie de Clémence. La petite lycéenne en cours de littérature. Et elle voulait retrouver cette vie avant de devenir complètement folle dans ce laboratoire. Avec son demi-frère.

Elle s'habilla de cette magnifique robe. Elle se sentait belle et surtout puissante. C'était un sentiment nouveau mais pas désagréable. Les chaussures lui étaient un peu grandes mais cela ne la dérangeait pas. Le collier noir venait terminer la tenue. Il habillait son cou à la perfection comme si il avait été fabriqué pour elle, pour son corps, pour son cou. Elle se regarda longuement dans le miroir. Elle ne se reconnaissait pas. Elle avait la sensation d'être dans la robe d'une autre, d'être dans la vie d'une autre.

Arthur frappa à la porte. Doucement. Chose qui n'était jamais arrivée auparavant. Alice fut intriguée car il n'entra pas, il attendait qu'elle l'invite. Ce qu'elle fit. Il entra dans la chambre et une étrange douceur émanait de lui. De la gentillesse. De l'attention. Il avait des étoiles dans les yeux.

« Alice tu es splendide. Complimenta Arthur, elle se retourna pour lui faire face.

- Merci. Comment as-tu su quelle taille je faisais ? Demanda-t-elle plutôt perplexe.

- Tu doutes encore de mes capacités à trouver les informations dont j'ai besoin. Rigola-t-il. Était-ce une forme de complicité qui était en train de naître ? Après tout, qui pouvait aller contre les liens du sang ?

- Il faudra que je me fasse à l'idée que je n'aurai pas de réponse à mes questions, mais que toi tu sauras toujours ce que tu veux. Un soupçon de deception se ressentait dans sa voix. Arthur s'approcha de sa sœur et lui attrapa le menton avec douceur pour lui relever la tête.

- Alice, un jour prochain, bien plus tôt que tu ne peux l'imaginer, tu auras toutes tes réponses, tu en sauras autant que moi si ce n'est plus. »

La jeune fille sourit. Était-il en train d'essayer de la rassurer ? Était-il en train de se comporter comme un frère, un vrai ? S'était-elle réellement sentie rassurer par son ravisseur ? Tout se passait tellement rapidement.

Le directeur lui adressa un petit coup de tête vers la porte pour lui faire comprendre qu'il était l'heure d'y aller. Elle se regarda une dernière fois dans le miroir, corrigea sa posture afin de se tenir bien droite et la tête haute, puis elle passa devant Arthur afin de sortir de la pièce. Elle marcha presque jusqu'à la porte de la salle commune, elle pouvait voir à travers le hublot. Le contraste était énorme : ils étaient tous fatigués, en blouse, les cheveux ébouriffés, les poignets si fins par le manque de nourriture.

Et elle, la tête haute, le ventre plein, une robe en satin sur les épaules marchant aux côtés du directeur, de celui qui était responsable de tout ça. Elle ne devait pas perdre la face maintenant. Elle commençait tout juste à gagner sa confiance, elle commençait tout juste à le voir baisser sa garde. Elle touchait le but. Elle y était presque. Elle était convaincue que cette petite balade allait lui apporter la solution, un contact avec l'extérieur.

Elle lança quand même un dernier regard vers le hublot et elle croisa le regard de Mahlia. Elle ne reconnaissait pas son amie, faible, les yeux vitreux, les joues creusées, des bleus sur les poignets et les chevilles, et une blouse abimée décrivant bien ce qu'elle vivait actuellement. Alice s'en voulait d'être aussi belle et de se sentir aussi puissante alors que son amie, sa meilleure amie, était torturée.

Elle garda la tête haute et regarda vers Arthur qui l'interrogea du regard. Elle lui sourit. Pour le rassurer, elle ne devait pas laisser place à quelques doutes dans la tête de son demi-frère. Il lui sourit en retour. La situation était donc sous contrôle.

Ils passèrent dans un premier temps dans la salle à la porte bleue. Évidemment, il fallait commencer directement dans le vif du sujet. Arthur lui expliqua :

Chaque *sujet* ici présent avait un point en commun. Ils avaient tous « jouer » à l'application *would you rather* ? Alice se rappela tout d'un coup que Mahlia adorait cette application, elle y jouait littéralement tout le temps. La jeune blonde interrogea le directeur sur le pourquoi ce point commun. Elle ne s'attendait absolument pas à ce qu'il allait lui répondre. C'était un test afin de savoir si elle était vraiment prête à devenir son bras droit ou non. Arthur lui expliqua que chacune des réponses de chaque sujets avaient été enregistrées et étudiées afin de retenir les plus pertinentes. Alice l'interrogea de nouveau : les plus pertinentes pour ?

Les plus pertinentes pour les tests. Arthur devait absolument trouver le sujet le plus fort, le plus robuste, avec le plus de mental possible, afin de sélectionner le sujet le plus prometteur pour mettre au point de nouveaux tests. Nouveaux tests pour comprendre et mettre en lumière toutes les capacités physiques et mentales des humains afin de trouver un moyen de les exploiter au maximum.

Alice était plus surprise que choquée. L'idée n'était pas non plus complement idiote ou insensée, c'était plus la manière de faire qui la dérangeait. Ce côté torture, ce côté prison, sans oublier le kidnapping qui met de suite dans le bain avant même de franchir les portes du laboratoire. Mais l'envie de connaître les limites du corps humain, les limites de notre psychique, tout ça intéressait réellement Alice. C'était une vraie recherche scientifique. C'était un réel laboratoire.

L'étape d'après fut la salle des caméras de surveillance, des dizaines pour ne pas dire des centaines qui marchaient sans interruption. Du moins, 23h59 sur 24h00. De 00h00 à 00h01 il y avait comme une mise à jour qui était faite. Tout le système de sécurité s'arrêtait durant 60 secondes afin de redémarrer et d'envoyer toutes les images enregistrées aux archives. Bien évidemment aucun des sujets n'étaient au courant de cette manipulation, cela laisserait place à beaucoup trop de potentiels débordements. Et puis, de toute manière, mise à part durant les quelques premiers jours d'adaptation, à cette heure-ci la grande majorité des sujets dormaient profondément. C'était épuisant d'être ici. Alice se rendit compte que chaque personne présente dans le laboratoire, chaque personne travaillant pour Arthur avait les cheveux tout aussi clair qu'elle, que lui. D'un blond quasiment blanc. Elle se dit que c'était très probablement une coïncidence ou un caprice de son frère de vouloir que son personnel lui ressemble.

Le petit groupe sortit de la salle de surveillance afin de reprendre leur petit tour. Ils arrivèrent à une porte immense, avec un nombre de sécurité impressionnante : une clé accrochait au cul d'Arthur, un code qu'il avait l'air d'être le seul à connaître, une reconnaissance de l'empreinte de son index droit, et une reconnaissance faciale. Alice se fit la remarque que si un jour elle voulait passer cette porte cela serait forcément avec son frère.

La porte s'ouvrît et les yeux d'Alice s'écarquillèrent comme jamais. Une foule entière de personnes aux cheveux blancs était là devant elle, des femmes, des hommes, des enfants, des vieillards, un véritable village se trouvait derrière le laboratoire. Quand Alice fut visible, ils eurent tous le même réflexe.

Ils se prosternèrent.

CHAPITRE
22

« UNE FORÊT EN MONGOLIE. »

Clémence devait réellement trouver une solution pour lâcher prise et réussir à aller mieux, à se sentir mieux, pour pouvoir faire avancer cette enquête. Mathieu le savait aussi. Certe il y avait deux jeunes filles à sauver, mais il ne fallait pas détruire Clémence en même temps. Étant donné qu'ils n'avaient aucune nouvelles de ses deux amies, et qu'elles n'étaient peut être même plus de ce monde, préserver Clémence était sa priorité.

S'occuper des personnes présentes avant d'essayer de vouloir suaver le monde entier. C'était une leçon que Mathieu avant appris avec le temps. Il voulait toujours bien faire, toujours œuvrer pour les autres, pour ceux qui sont loin et qui ont besoin d'aide. Malheureusement il en oubliait très souvent ceux qui sont là, sous ses yeux.

Cette fois-ci, il était hors de question qu'il fasse la même erreur. Clémence était là, elle était bien réelle, elle l'aimait et elle avait besoin de lui. Qui d'autre que lui pouvait s'occuper d'elle ? Du moins, qui d'autre laisserait-il s'occuper d'elle ? À qui il ferait assez confiance pour confier la vie de Clémence, sa petite protégée, sa *copine*. À personne, cela va de soi. Il allait donc lui faire passer une journée tranquille, plusieurs même s'il fallait, à voir même s'il ne pouvait pas travailler la nuit pendant qu'elle, elle se reposerait. Sans lui dire bien sûr, elle ne serait jamais d'accord pour prendre du temps pour elle dans ce genre de circonstances. D'ailleurs, il allait falloir qu'il trouve tout un stratagème pour qu'elle arrive à lâcher cette histoire d'enquête.

Mathieu était en train de faire le petit déjeuner lorsque Clémence le rejoignit en bas, déjà douchée, habillée, prête à repartir au commissariat. Son copain allait devoir se montrer très convaincant pour réussir à la faire rester à la maison. Il la questionna sur le fait qu'elle était déjà habillée, pourquoi elle était si pressée, et tout ce qu'il va avec. Elle le regarda avec surprise. Pourquoi lui demandait il tout ça ?

Elle s'emporta presque, elle lui répéta ce qu'il avait évidemment déjà entendu : qu'il n'y a pas de temps à perdre, qu'elle ne pouvait pas abandonner ses amies, qu'il fallait qu'elle agisse, ... Mathieu la regardait. Il attendait qu'elle se rende compte toute seule de ce qui était en train de se passer. Elle finit par se taire et lever les yeux vers l'inspecteur. Puis elle comprit. Elle n'était pas en état de reprendre les recherches. Cette histoire la rendait trop hystérique, elle lui faisait trop de mal et elle n'arrivait plus à gérer.

Les larmes lui montèrent. Elle voulait être forte pour ses amies. Elle voulait se battre pour ses amies. Elle voulait comprendre cette histoire pour ses amies. Elle voulait résoudre cette enquête pour ses amies. Elle voulait retrouver ses amis.

Mathieu la prit dans ses bras. Il savait qu'il n'y avait pas grand chose à faire de plus pour le moment. Le moment présent était extrêmement dur et douloureux. Il ne pourrait pas faire disparaître ces émotions tant qu'il n'avait pas compris ce qu'il se passait. Cependant il pouvait être présent. Et il se devait de l'être.

Clémence se posa sur la canapé sans dire un mot, Mathieu lui apporta un chocolat chaud et de quoi manger. Elle le remercia par son regard. Il s'installa dans le fauteuil en face d'elle. Il l'observa. Ses cernes n'avaient jamais été aussi présentes. Ses mains paraissaient faibles. Ses mouvements étaient lents, comme si le poids de son corps était insoutenable. Mais elle ne le voyait pas. Pour elle, elle était comme d'habitude, alors qu'elle allait mal. Cette situation la rongeait de l'intérieur.

Mathieu avait une idée, un semblant de solution, mais il savait qu'elle allait être compliquée à vendre à la jolie rousse assise en face de lui.

Il lui proposa de venir faire toutes les recherches ici, d'apporter tout le matériel nécessaire pour travailler chez elle, afin de pouvoir rester à sees côtés le plus de temps possible, mais à une seule condition : qu'elle ne se mêle plus de l'enquête. Elle serait présente physiquement, mais il ne voulait plus qu'elle s'y plonge, qu'elle s'en empreigne, qu'elle se détruise.

Au fond d'elle, Clémence savait à quel point cette solution était la meilleure, mais il y avait un fort sentiment d'abandon qui lui soulevait le coeur. Elle n'avait pas le droit de laisser tomber ses amies. Mais en même temps, elle ne pouvait pas non plus complètement s'oublier.

Elle accepta la proposition, mais aussi à une condition : que lorsqu'il ne saurait plus, lorsqu'il faudra se déplacer, elle pourrait réintégrer l'enquête.

Il accepta. Il souffla de soulagement. Il allait réussir à la protéger de cet affreux mal qui planait au dessus de leurs têtes. Il en était certain, la personne derrière tout ce qu'il se passait était le mal incarné. Il ne savait pas s'il allait pouvoir sauver Mahlia et Alice, mais il donnerait tout ce qu'il avait même plus pour protéger Clémence.

Il fit un aller retour au commissariat pour aller chercher toutes ses affaires, il passa là où les proches des filles avaient été mis en sécurité pour vérifier deux trois petits details d'organisation, pour vérifier que la sécurité était toujours maximale et il devait aller faire quelques courses pour Clémence. Il prit moins de deux heures pour revenir à la maison. En entrant il trouva la télévision allumée et Clémence endormie dos à elle. Elle était emmitouflée dans un plaid beige épais, ses cheveux tombaient le long du canapé jusqu'à venir toucher le sol.

Elle arrivait à lâcher prise et à se reposer. Il en était soulagé, et encore ce mot était bien trop léger. Il la regarda. Plus même, il la contempla durant de longues minutes. Il aimait le fait de veiller sur elle. Il ne voulait ni l'empêcher de vivre sa vie, ni la brider dans quoi que se soit, il voulait seulement empêcher son nombre d'apparaître dans un de ses dossiers qu'il étudiait tous les jours. Il ne voulait pas qu'elle devienne la prochaine.

Ce jour là, Clémence dormit pendant des heures. Elle ne déjeuna même pas. Elle ne bougea pas d'un centimètre pendant sa sieste. C'était limite si elle n'allait pas fusionner avec le canapé. Pendant ces longues heures, Mathieu lui éplucha encore chaque dossier un à un, il se remémora chaque seconde des images des caméras de surveillance qu'il avait pu observé. Il savait qu'il était tout près de quelque chose. Il savait qu'il allait finir par réussir à tout mettre bout à bout, seulement pour le moment il n'y arrivait pas. Les choses ne coïncidaient pas.

Clémence s'étira. Mathieu leva les yeux et vit le bras de la jeune fille au dessus du dossier du canapé. Elle se redressa en recroquevillant ses jambes, elle passa ses bras autour et posa son front sur ses genoux. Pendant quelques minutes elle resta dans cette position. Pendant ces minutes, il l'observait, sans un mot.

Elle finit par se retourner les yeux humides. Elle ne pleurait pas vraiment, elle était juste triste. Elle finit par confier à son copain qu'aprés sa longue sieste elle se sentait apaisée et sereine. Qu'en plein sommeil, évidemment elle ne pensait à rien, et qu'elle n'avait même pas rêver de cette affreuse situation dans laquelle ils se trouvaient tous les deux actuellement.

Dans son sommeil, au plus profond de ses rêves elle était encore une lycéenne normale qui retrouvait ses amies le matin, en râlant de devoir aller en cours, en râlant de finir tard, en râlant d'avoir peu de temps pour manger le midi, mais en étant ensemble. C'était ça qui lui brisait le cœur. Être loin des filles qu'elle considérait comme ses sœurs. Clémence jeta un coup d'œil vers Mathieu. Les yeux du jeune homme étaient rivés sur les papiers qu'il avait devant lui. Tant mieux pensa-t-elle. En effet, si concentré il n'allait pas voir les larmes couler le long de ses joues rougies par la sieste qu'elle venait de faire.

Mathieu avait beau être plongé dans son travail, il savait que Clémence était en train de pleurer. Il savait aussi qu'elle faisait tout son possible pour qu'il ne s'en rende pas compte. Il décida donc de respecter cela et de faire comme si de rien n'était.

La situation était lourde, pesante. Et Clémence était du genre à refouler ses émotions jusqu'à les laisser prendre le dessus et gagner sur tout le reste. Le fait qu'elle s'autorisait à pleurer était déjà un grand pas, une grande nouveauté. Il refusait de la braquer en lui faisant remarquer. Elle avait le droit à des moments de faiblesses, ce n'était pas ça le problème. Le problème était que si quelqu'un le souligner, elle allait très probablement de nouveau se fermer comme une huître. Et ses sentiments deviendraient de nouveau incontrôlables.

Clémence alluma la télé et prit soin de baisser le son dès que l'image apparut. Elle voulait se changer les idées mais sans perturber monsieur l'inspecteur qui lui se creuser le cerveau pour retrouver ses amies, ou au moins comprendre cette histoire. Un sentiment de culpabilité l'envahit. Mais elle reprit le contrôle assez rapidement. Lui, c'était son métier, ce pourquoi on l'avait choisit. Elle, elle n'était qu'une lycéenne, perdue et attristée par la disparition de ses amies. L'implication émotionnelle était forcément différente d'elle à lui. Qu'elle n'arrive pas à gérer toute cette situation était normal.

Elle ne croyait qu'à moitié ce qu'elle se disait. Elle se le répétait pour se rassurer. Mais elle s'en voulait quand même. Et pourtant, ça ne faisait que quelques jours qu'elle n'avait pas mis le nez dans les dossiers.

Mathieu avait une piste. Il leva discrètement les yeux vers Clémence pour etre certain que cette dernière n'avait aucun doute sur cette découverte. Lui donner de l'espoir sur une si petite piste serait inhumain. Si cela ne menait à rien elle allait tomber de si haut et être encore plus aneantie.

Mais en effet, il tenait quelque chose. Il y avait une affaire qui remontait cinq ans en arrière et qui avait certains points communs. Un enlèvement, une camionnette qu'on apercevait brièvement sur les caméras de surveillance avant que ces dernières disfonctionnent, et des proches qui perdaient la mémoire. Tout collé jusque là.

Mathieu parcouru les dizaines de pages sur le profil du jeune homme enlevé. Il n'avait rien en commun avec Mahlia, il était plus vieux, 24 ans, c'était un homme, ce n'était même pas dans le même état. Mais le reste collait. Peut-être que les critères sur le choix des personnes enlevées échappaient à Mathieu et que ce n'était donc pas sur cela qu'il devait se concentrer. L'histoire se finissait dans une forêt perdue en Mongolie, et un hôpital délabré. Une note disait qu'il semblait que l'hôpital avait été abandonné peu de temps avant l'arrivée des enquêteurs.

Il savait maintenant vers quoi se tourner, quoi chercher. Un endroit isolé. Hôpital ou autre.

Mais isolé. Super, pensa-t-il, ce n'est pas comme si le monde était vaste et rempli d'endroits isolés.

CHAPITRE
23

« LE MARSOUIN ET L'ALLIGATOR. »

Une bonne dizaine de jours étaient passés depuis qu'Arthur avait fait les grandes présentations. Tous les jours Alice prenait soin d'aller faire le tour des locaux pour saluer, de près ou de loin, chaque personne travaillant pour son demi frère. Et pour elle. Ça elle ne s'y était pas encore faite pour être tout à fait sincère. Une partie d'elle trouvait la chose extrêmement plaisante et rassurante, et l'autre partie ne se sentait pas à sa place. Il y a encore quelques semaines de cela, elle se levait pour aller en cours de maths comme toutes les autres filles de son âge. Aujourd'hui elle était vénérée.

Maintenant que son demi frère avait pratiquement une confiance aveugle en la jeune blonde, elle se levait tous les matins avec une sorte de garde du corps qui lui apportait son petit déjeuner, s'assurait que son bain était chaud quand elle avait terminé de manger et que des vêtements propres, à son goût et absolument divin se trouvaient sur le lit quand elle sortait de la salle de bain. Elle était passée de demie sœur sauvage à pseudo souveraine adulée. Certaines personnes de la communauté lui apportaient des fleurs tous les matins devant sa porte avec des mots comme « gloire à la princesse perdue ». Elle n'en avait absolument pas conscience car Arthur faisait tout pour ne pas parler de cet aspect là de sa nouvelle vie mais elle était leur princesse. Le titre se transmettait de père en fille et de mère en fils. La seule et unique raison pour laquelle Arthur était roi était que la défunte mère d'Alice avait donné sa vie pour qu'elle ne reste pas dans cette secte. Et voilà qu'elle y était de nouveau.

Aujourd'hui ne faisait pas exception à la règle, elle se leva tranquillement sans qu'aucun infirmier en blouse blanche vienne la mal menée dès le réveil. Elle alla prendre son petit déjeuner en paix, puis elle se plongea dans son bain bouillant avant de se vêtir de vêtements que jamais elle n'aurait imaginée sur elle : des robes plus longues les unes que les autres, des bijoux qu'elle avait peur de casser rien qu'en les regardant, des chaussures qui paraissaient horrible à porter et qu'une fois au pied s'apparentaient à de veritable chaussons faits sur-mesure. Elle vivait un rêve. Mais elle n'oubliait tout de même pas son objectif : sauver Mahlia de l'enfer dans lequel elle était.

Arthur lui faisait tellement confiance qui l'avait enfin autorisé à la salle des caméras, autrement dit l'endroit qui permettait de surveiller les moindres faits et gestes des sujets, jours et nuits. Alice y passait tous les jours. Elle y restait plusieurs heures la plupart du temps. Quand son demi frère la questionnait sur la raison de sa présence ici elle répondait qu'elle adorait observer, qu'elle essayait de déchiffrer certains comportements et de comprendre l'évolution des sujets. Elle était presque aussi bonne menteuse que lui. En tout cas, elle était credible à ses yeux et c'est tout ce qui comptait. Évidemment, le seul sujet qu'elle observait c'était Mahlia, et de temps en temps le sujet numéro 6 qui semblait un peu trop proche d'elle. Elle espérait de tout cœur qu'il ne lui voulait aucun mal. Elle ne supporterait pas d'être à seulement quelques mètres d'elle et de savoir que quelqu'un d'autre que son demi frère lui veut aussi du mal. C'était déjà bien assez douloureux de rester derrière ses gros murs en robe satinée sans rien faire pour soulager son amie. Elle y travaillait, elle allait la sortir de là. Elle avait déjà un semblant de plan.

Au fil des jours elle s'était liée d'amitié avec le boucher, du moins le livreur de viande. Elle ne savait absolument pas s' il produisait lui même les pièces qu'il vendait à son demi frère ou s'il était simplement livreur. Tout était fait sur place, mis à part la viande. Ils produisaient eux même leurs fruits, leurs légumes, leur lait, leurs fromages et tout le reste. Sauf la viande. Ce qui voulait dire que le livreur était la seule et unique personne qui en plus de faire des aller retour au sein de la communauté, avait un lien avec l'extérieur. Et ça, Alice avait compris que ça pouvait être un veritable atout pour se sortir de cette situation et sauver son amie.

Le plus discrètement possible et sans éveiller les soupçons de son cher demi frère le directeur, elle s'était lié d'amitié avec ce livreur. Et avec d'autres membres du personnel évidemment. Elle se montrait chaleureuse et bienveillante avec tout le monde. Il fallait qu'on l'apprécie en plus de l'idolâtrer. Il y a deux façons de ses faire respecter, soit de la manière douce en étant aimé, soit de la manière sombre en faisant peur. Elle n'était pas du même tempérament qu'Arthur, elle ne voulait pas que les membres la craignent. Il fallait qu'ils l'aiment. Profondément et sincèrement. Qu'elle soit un modèle de pureté, de gentillesse, de bienveillance et de bonté. Qu'au moindre problème ils puissent se tourner vers elle sans hésiter. Si on lui faisait confiance, la plupart des membres étaient en capacité de lui rendre des services sans même se demander pourquoi. Et c'était de ça dont elle avait besoin. Qu'on l'aide. Qu'on se sente redevable envers elle. Alors chaque jour, après son rituel matinal elle allait arpenter les chemins de la communauté, elle allait saluer chaque commerçant, chaque producteur, chaque employé. Elle prenait le temps de discuter, de savoir comment ils allaient, si les récoltes étaient bonnes. Ici pas question de parler d'argent ou de profit. Ils étaient une communauté, une veritable famille, personne ne payait personne, personne n'était redevable. Si le producteur de pommes avait besoin d'une baguette, le boulanger ne se posait même pa la question et demandait à son fils de lui apportait dès qu'elle sortait du four. Alice trouvait qu'il y avait quand même quelque chose de beau et pur dans cette organisation. Puis les images de la salle de surveillance lui revinrent en tête et elle se rappela les horreurs auxquelles ses personnes participaient sans même le savoir. Car oui, seuls les membres les plus proches de Arthur étaient promus « infirmier ». Ils passaient réellement le diplôme dans une des écoles les plus surveillées et militaires qui existent, puis ils revenaient et recevaient leur blouse blanche. Avec celle-ci ils recevaient leur badge, qui leur permettaient d'aller et venir un peu partout dans le laboratoire. Mais tout ce qui s'y passait était strictement confidentiel. Tous ceux pour qui garder le secret avait été trop lourd avait disparu. Subitement.

Plus les jours passaient plus Alice se rendait compte que son stratagème fonctionnait : en effet, le peuple l'aimait de plus en plus tandis qu'il craignait son frère. le problème étant que la peur empêche les gens de prendre des risques. Il fallait qu'elle leur prouve qu'elle était au même niveau que lui. Mais cela n'allait pas être facile. Elle venait d'arriver et sans lui jamais elle n'aurait mis les pieds ici. Elle se surprit à penser au fait que, de droit, ce trône était le sien. Même si elle n'en voulait absolument pas. Et il était hors de question qu'elle joue cette carte là, c'était beaucoup trop risqué. Qu'allait-il se passer si elle le récupérait réellement ? Et qu'elle devenait la reine de dizaines de familles, d'hommes, de femmes et d'enfants ? Elle était absolument incapable de porter ce poids sur ses épaules, il fallait qu'elle trouve un autre moyen. Elle ne savait pas si son idée allait marcher, d'ailleurs la seule chose qu'elle savait était qu'à partir du moment où le processus serait lancé, elle serait en danger jour et nuit jusqu'à tant qu'elle sache si cela avait fonctionné, ou si son demi frère allait ordonné sa disparition.

Au vu du statut qu'elle avait atteint elle avait maintenant accès à certaines informations strictement confidentielles. En effet, Arthur voulait qu'elle sache qu'il lui faisait confiance et qu'il voulait qu'elle prenne place dans cette communauté. Il pensait très sincèrement que sa sœur était en train de prendre goût à sa vie ici et qu'elle en oubliait même sa meilleure amie, Mahlia. Il en était persuadé. C'est à dire qu'il aimait tellement sa vie, qu'il ne pouvait imaginer quelqu'un y goûter et faire quoi que se soit qui mettrait tout en péril. D'une certaine manière il pensait acheter la loyauté de sa sœur avec le train de vie qu'il lui offrait. Ça aurait pu marcher. Mais l'amitié entre Alice et M   a l l i a   é t a i t différente. Du moins, du côté d'Alice. Elle n'en avait absolument jamais parlé à personne car elle faisait tout pour ne pas y penser, mais elle était éperdument amoureuse de Mahlia. Et la savoir si près et en danger était une raison bien plus que suffisante pour risquer non pas seulement de perdre son train de vie, mais de perdre sa vie tout court. Mais ce détail là, Arthur l'ignorait. Cela aurait très certainement tout changer. L'amour change tout. Il n'aurait jamais confié tant de chose à sa sœur en sachant qu'il torture la personne qu'elle aime. Il aurait su que c'était une erreur et cela allait tout mettre en danger. Mais il ne le savait pas. Il avait confiance en son sang, en sa sœur, en sa seule réelle famille.

Alice était tout de même méfiante et inquiète. Elle savait qu'elle jouait avec le feu. Ce feu portant le doux prénom de Arthur. Et tous ses petits soldats. Elle serait seule contre toute son armée s'il se passait le moindre problème. Et elle ne pourrait pas s'en sortir sans une aide extérieure. Elle avait bien observé les alentours : des bois denses et sauvages avec elle ne savait quelle bête à l'intérieur. Même si elle réussissait à prendre la fuite, ce qui demandait déjà une certaine réflexion, où allait-elle aller ? Elle était tombée sur une sorte de carte indiquant un rayon de 10 kilomètres. Elle était certaine que c'était la position, peu exacte, de l'endroit où elle se trouvait actuellement. Elle avait d'ailleurs fait une copie de cette carte qu'elle gardait précieusement cachée sous sa table de nuit.

Son plan était simple : cacher ce bout de papier dans le camion du livreur de viande, tout en y écrivant un message codé qui, elle l'espérait, ferait réagir quelqu'un.

Ce plan était vraiment très risqué. En effet, elle n'avait aucune idée de la manière dont le camion quittait les lieux : était-il fouillé ? Le conducteur allait-il la voir déposer le papier ? Si oui, allait-il en parler à quelqu'un ? Savait-il à quel genre d'institut il servait des repas? Était-il complice ? Elle risquait bien plus qu'une petite dispute avec son demi-frère, elle risquait d'y perdre la vie s'il l'apprenait. Cependant Mahlia, elle, était torturée à seulement quelques mètres d'Alice, et ce presque tous les jours. Et elle était loin d'être la seule.

Peu importe les obstacles qu'elle pourrait rencontrer, la décision d'Alice était prise : elle allait faire sortir ce bout de papier de cet enclos pour humains. Il fallait n'éveiller aucun doute, il fallait que sa journée se passe aussi bien et aussi normalement que toutes les autres. Il fallait qu'elle soit souriante, gentille, bienveillante et surtout qu'elle ne montre aucun signe d'angoisse. Depuis qu'elle avait eu l'accès libre au village de la communauté, à aucun moment elle ne s'était sentie anxieuse, si elle le devenait maintenant certaines personnes pourraient le remarquer et évidemment avertir Arthur. Ce qu'il fallait à tout prix eviter. Si elle pouvait ne pas le croiser de la journée cela serait vraiment parfait.

Elle se prépara comme à son habitude, mais elle fit mine de faire tomber sa serviette de cheveux pile devant sa table de nuit pour pouvoir, rapidement et discrètement, récupérer le bout de papier sans que les caméras puissent la surprendre. Elle glissa le papier au fin fond de la poche de sa jupe. Elle n'avait jamais été aussi heureuse que sa jupe dispose de poches. Elle se regarda longuement dans le miroir afin de se donner la confiance dont elle avait besoin pour affronter cette journée. Elle prit une grande inspiration, mit ses mains à l'intérieur de ses poches et serra le papier aussi fort qu'elle le pouvait. Elle sortit de la chambre comme chaque matin et ce dirigea vers la porte qui menait à l'extérieur. Elle était confiante. Elle savait tout ce qui se jouait à cet instant précis.

Elle fit sa ronde matinale, elle discuta avec les mêmes personnes que d'habitude. Elle fit connaissance de nouvelles familles encore, elle passa à l'hôpital voir les bébés qui venaient de naître. Pauvres enfants, nés dans une civilisation absolument pas civilisée. Qu'allaient-ils devenir ? Des agriculteurs ? Des coiffeurs ? Des *infirmiers* ? Elle s'occuperait de leur cas plus tard, elle avait déjà bien assez de personnes à sauver pour aujourd'hui. Elle reprit son chemin et elle savait que dans moins de dix minutes elle serait face au camion du boucher, face à sa solution.

Elle marchait. Les mains dans les poches. La main refermait contre le petit bout de papier. Elle vit le livreur sortir du camion. Elle y était presque. Son cœur s'arrêta. Le livreur était suivi d'Arthur. Elle ne pouvait plus faire demi-tour. Elle prit sur elle et continua son chemin.

« Ma très chère sœur. Commença le directeur.

- Arthur. Lui répondit-elle en souriant.

- As- tu bien dormi ce matin ? Je suis désolé je ne peux pas rester longtemps avec toi, j'ai à faire dans la salle bleue. Te sens-tu capable de vérifier que la livraison soit bien complète ? Le livreur t'aidera évidemment à monter dans le camion.

Elle fut tellement soulagée mais elle fit mine d'être étonnée de la demande.

- J'ai bien dormi oui merci. Et bien je pense pouvoir le faire oui, tu ne me couperas pas les doigts si je fais une petite erreur j'espère ? Elle essayait de cacher son angoisse comme elle pouvait.

Il rigola.

- Évidemment que non, je veux juste te donner plus de responsabilité dans la vie de notre communauté.

Elle sourit.

- Avec plaisir Arthur. »

Il lui tendit le bon de commande. Il n'y avait aucun nom de société, aucun numéro de téléphone rien du tout. Aucun lien avec l'extérieur. Arthur lui expliqua ce qu'elle devait faire puis il partit en vitesse. Alice se tourna vers le livreur qui lui tendait la main pour l'aider à monter dans le camion. Une fois à l'intérieur elle vit qu'il lui tournait le dos. Elle l'interrogea et il lui expliqua qu'elle devait faire son travail et qu'il ne pouvait pas intervenir pendant qu'elle le faisait. Elle le remercia pour ses informations et se tourna vers le fond du camion.

Elle se mit à sourire. Arthur ne se rendait pas compte de l'aide qu'il venait de lui donner. Il lui avait littéralement deployé un tapis rouge pour son plan. Elle fit son travail. Puis elle glissa le papier sous un carton qui avait attiré son attention. Il y avait marqué « New York » en rouge, soit il était en provenance de là bas, soit il y allait. Ce qui l'arrangerait.

Au dos du plan était marqué :

« *On a perdu le marsouin et l'alligator* ».

CHAPITRE
24

« LE BÂTIMENT AU MILIEU DE LA FORÊT »

Plusieurs semaines étaient passées et Clémence se forçait à ne pas poser de questions sur l'avancée de l'enquête. Elle avait fait promettre Mathieu de la prévenir s'il y avait du nouveau. Elle savait qu'il le ferait. Il avait son entière confiance. Elle avait recommencé à aller au lycée, seulement elle n'y allait qu'un jour sur deux. La situation était toujours très compliquée et elle n'arrivait pas à sortir la tête de l'eau. Son monde s'était écroulé et il ne se reconstruisait toujours pas. Certains jours où elle n'allait pas au lycée, elle voyait une psychologue. Elle parlait de tout mais elle s'arrêtait toujours avant l'enlèvement de Mahlia. Elle était incapable de sortir une seule phrase sur cette période là. De plus, elle n'avait rien à dire.

Elle suivait ses cours sans vraiment les suivre. Le soir, elle rentrait chez elle, la plupart du temps Mathieu avait préparé le repas. Elle lui souriait et lui disait qu'elle allait bien, puis elle partait directement prendre sa douche. Elle pleurait pendant de longues minutes la tête sous le pommeau de douche. Puis elle sortait de la salle de bain comme si de rien n'était et elle s'asseyait à son bureau. Elle ouvrait un cahier ou un classeur et elle se mettait à faire semblant de réviser. La vérité était qu'elle fixait la rue, le regard vide, espérant voir Mahlia et Alice rentrer à la maison.

Malheureusement ce n'était pas ce qui se passait. Et les jours passaient et se ressemblaient tous. Rien ne se passait. Elle sombrait de plus en plus. Elle se sentait seule, abandonnée, responsable, et vraiment très mal. Mentalement oui, mais aussi physiquement. Elle avait des migraines tous les jours, des vertiges dès qu'elle sortait de son lit, des maux de ventre à longueur de journées. Elle avait du mal à manger, elle avait du mal à dormir, elle avait du mal à se lever, et plus que tout elle avait du mal à se regarder dans le miroir. Elle, clémence, celle qui a été épargnée, celle qui est toujours au chaud dans son lit, celle qui va bien. Elle était là, pourquoi elle n'arrivait pas à en être reconnaissante. Elle s'en voulait d'être là, elle s'en voulait de ne pas être là bas, elle s'en voulait de s'en vouloir…

Mathieu lui pensait avoir trouvé quelque chose. Il avait une réelle intuition. Son réseau interne avait parlé d'un papier trouvé dans un camion qui livrait de la viande non délcarée, un papier avec un plan et un message. Un message étrange :

« *On a perdu le marsouin et l'alligator.* »

Le jeune inspecteur en était persuadé, le marsouin était Mahlia, et l'alligator Alice. Les initiales correspondaient. Il y avait forcément un lien. Et ce plan. Plan très réduit d'un rayon d'à peine 50km. D'où provenait-il ? De quelle partie du monde était-il issu ? Toutes ces questions étaient réellement importantes oui, cependant Mathieu était plus qu'heureux que cette enquête avance enfin. Il savait que ce n'était pas de faux espoirs, il savait que c'était elles, il savait qu'il était sur la bonne voie. Il voulait en parler à Clémence, mais il savait quel impact cela allait avoir sur elle. Il fallait absolument qu'il trouve le bon moment, les bons mots, et qu'il sache ce qui allait se passer par la suite pour pouvoir lui exposer une solution.

Elle n'allait pas bien, il le voyait. Et cela lui brisait le cœur de faire comme si de rien n'était mais s'il le faisait remarquer cela serait encore plus compliqué comme situation, elle se renfermerait très certainement sur elle-même. Il savait qu'elle faisait des efforts incommensurables en se levant tous les matins, en sortant de son lit et en s'interdisant de poser des questions sur l'enquête. Il était déjà très fier de la manière dont elle avait réussi à se relever et de sa façon de gérer cette situation plus que complexe.

Mathieu passa de très longues heures à essayer de voir si un autre inspecteur avait des doutes sur ce mot, si ce petit bout de papier avait éveillé la curiosité de quelqu'un d'autre sur une histoire similaire à celle de Mahlia et d'Alice. Il voulait être bien certain que c'était une vraie piste et pas un vulgaire faux espoir.

Il éplucha tous les rapports des derniers jours, sur tout le pays, encore et encore. Il les reprit, encore et encore. Il chercha le moindre petit détail, le moindre petit lien qui confirmerait son intuition, et qui justement lui éviterait un aller simple pour un retour à la case départ.

Il ne trouva rien. Absolument rien pour démontrer sa théorie. Il trouva même des choses pour confirmer les doutes qui les hantaient depuis des semaines. En effet, d'autres enquêteurs étaient dans le même cas que lui. Certains mails entre commissariats faisaient part du fait qu'ils auraient aimé que ce mot leur parle, que ce mot ait une quelconque signification afin de pouvoir les aider dans les enquête, plutôt similaire pour ne pas dire identique, à celle dont Mathieu s'occupait.

Y avait-il d'autres jeunes filles enlevées par les mêmes malfaiteurs ? Peut-être n'était-ce pas seulement des enlèvements de jeunes filles ? Mais qu'avaient-ils tous en commun ?

Mathieu ne le savait pas mais en dehors de la tranche d'âge, tout ce qui reliait ces personnes était une petite application sur leur téléphone. Téléphone qui évidemment avait été récupéré et détruit. Aucune possibilité de faire le lien entre cette application « *would you rather ?* » et ces jeunes personnes. Cela ne les aurait pas aidé à trouver l'emplacement du laboratoire dans lequel ils étaient torturés, mais ils auraient peut-être pu faire le nécessaire pour que cette dernière cesse d'exister. Ils auraient peut-être pu faire ce qu'il fallait pour que les données enregistrées par cette application soient supprimées. Ce qui aurait pu sauver bon nombre de ces jeunes sujets...

Ça y est. Il en était sûr. Il tenait la solution entre ses mains. S'il fallait étudier la carte du monde entier en détail, centimètre par centimètre, il le ferait. Il ne pouvait plus faire machine arrière, il était trop impliqué, la santé de Clémence en dépendait, la vie de Mahlia et Alice également.

Encore un soir où Clémence rentrait du lycée le regard vide, le cœur lourd et la gorge nouée. Encore un soir où elle monta dans sa chambre, prit sa douche en pleurant assise sur le sol. Encore un soir où elle se démaquilla pour arborer un autre type de masque, son sourire. Encore un soir où Mathieu la prit dans ses bras pour lui dire bonsoir, tout en lui faisant à manger. Encore un soir où ce câlin l'apaisait tout autant qu'il lui rappelait la situation dans laquelle ils étaient.

Ils s'installèrent, l'un en face de l'autre. Mathieu l'a regardée. Mais pas comme d'habitude. Le cœur de la jeune fille s'accéléra. Quavait-il trouvé ? Ses amies ? Leurs corps sans vie ? Elle l'interrogea du regard. Il lui donna le mot qu'il avait trouvé. Elle le regarda avant de le lire. Elle était complétement déroutée. Comment ce petit bout de papier tout abimé pouvait être lié à la disparition de ses amies ? Elle n'osait même pas le toucher. Pourtant, au vu du regard de Mathieu, c'est ce qu'il attendait d'elle. Alors c'est ce qu'elle fit. Elle lut les mots inscrits au stylo bleu. Ses yeux s'acarquillèrent.

- Ils ont perdu Mahlia et Alice ?

- Toi aussi tu comprends que le mot parle d'elles ?

- Mais bien sûr, mais comment ça ils les ont perdues ? Le ton de Clémence commençait à monter, non pas contre Mathieu, mais à cause du stress et des toutes les autres émotions qui se chamboulaient dans son corps.

- Je ne pense pas que se soit eux qui les ai perdues, je pense que c'est de nous qu'elles parlent, en évitant de se faire repérer. C'est nous qui avons perdu le marsouin et l'alligator. Mais apparemment elles nous ont retrouvé.

- Elles sont vivantes ?

- Je ne peux toujours pas te l'assurer Clém… Tant que je ne les verrai pas devant moi, en vie, je suis incapable de te répondre.

- Mais ce mot vient forcément d'elles, non ?

- Ça fait des jours que …

- DES JOURS ? Et tu ne m'as rien dit ? Le coupa-t-elle.

- Laisse moi terminer. Ça fait des jours, Clémence lui lança un regard presque noir, que je fais des recherches, que j'essaie de voir si ce mot correspondrait à une autre enquête ou quoi que se soit. Et non, personne ne semble dire que ce mot à un lien avec une quelconque enquête en cours. Cependant, il reste encore la possibilité que se soit un piège…

- Un piège ? Mais on ne peut pas juste attendre de voir si quelqu'un nous tombe dessus ou non, il faut qu'on agisse !

- Je n'ai jamais dis que je comptais rester là, à ne rien faire, à laisser passer cette potentielle occasion de retrouver et sauver tes amies. Je mets tout en place pour les faire rentrer et tu le sais. Et si j'ai pris la décision de t'en parler c'est que je compte bien prendre le risque d'aller les chercher.

- Aller les chercher ? Comment ça ? Tu sais où elles sont ?

- Pas exactement non. Du moins, au dos du mot il y avait une carte. Aucun pays n'était mentionné, rien du tout. Seulement un bâtiment perdu au milieu d'une immense forêt. Sauf que des immenses forêts, il y en a plusieurs, sur chaque continent. On va faire les recherches ensemble.

- Ensemble ? Les yeux de Clémence s'illuminèrent, tu me laisses reprendre l'enquête avec toi ?

- Je t'avais promis qu'une fois que j'aurai quelques choses de concret entre les mains, tu pourrais m'aider de nouveau. Je suppose que ce petit papier est quand même plutôt concret. »

Clémence sauta au cou de son ami, elle le remercia encore et encore. Son visage était devenu tellement lumineux au fil de la conversation, elle avait retrouvé l'espoir qu'elle avait perdu, elle pouvait de nouveau participer et suivre le cours de l'enquête. Elle était de nouveau actrice de cette situation, et cette fois ci, elle ne laisserait pas ses émotions prendre le dessus.

CHAPITRE 25

« LE BRAS DROIT »

Plusieurs semaines étaient passées. Alice était de moins en moins anxieuse, mais de moins en moins optimiste par rapport à son plan. Elle était persuadée que son papier s'était perdu, qu'il s'était probablement déchiré. Elle réfléchissait déjà à une autre solution. Elle le savait, plus elle perdait de temps, plus les sujets s'affaiblissaient et risquaient de succomber. Mais là, elle était à cours d'idée. Elle se sentait horriblement mal d'être là à siroter son café alors que Mahlia était probablement assise devant son petit déjeuner à avoir un haut de cœur rien qu'avec l'odeur de ce dernier.

Alice n'avait pas tout à fait tord. Mahlia était bien devant son plateau. Elle avait faim, cependant elle était très préoccupée. Pourquoi Tom était si froid et distant avec elle ? Ils avaient été si proche, ils étaient amis, il lui avait fait confiance sur son secret. Pourquoi l'ignorait-il maintenant ? Qu'avait-elle fait ? Ou pas fait d'ailleurs. Elle remettait tout en question. Mahlia se mettait même à se demander si elle n'était pas en pleine amnésie. En effet, vu l'état dans lequel les tests l'avaient mise, physiquement et mentalement, elle ne serait pas étonnée d'apprendre qu'elle avait fait des choses dont elle n'avait plus aucun souvenir. Mais cela commençait à devenir un réel problème. Son seul allié, ami, la laissait tomber et elle ne savait pas pourquoi. Malheureusement elle n'allait plus avoir le temps de se morfondre sur la potentielle fin d'amitié avec Tom car trois blonds en blouse marchaient droit vers elle. Elle savait très bien pourquoi il marchait vers elle. Mahlia s'était bien assez reposée aux yeux d'Arthur, le moment était venu pour elle de retourner dans la pièce bleue.

Elle avait eu le temps de reprendre des forces. Elle ne comptait pas se laisser faire, de toutes manières elle n'avait littéralement plus rien à perdre du fait que même le seul ami qu'elle avait ici avait décidé de l'ignorer. Personne ne veillait sur elle. Personne n'allait la protéger. Elle devait le faire elle-même. Et une partie d'elle le faisait aussi pour tous les autres sujets *présents*. Un léger soucis de complexe du héros mais en attendant, si personne ne se révoltait contre le système ou n'essayait de montrer un mécontentement, rien n'allait changer.

Les soldats d'Arthur arrivèrent au niveau de Mahlia, ils lui demandèrent très froidement de se lever et de les suivre. Évidemment, elle refusa.

Ils insistèrent, sans contact physique dans un premier temps. Puis, vu le manque de coopération de la jeune fille, ils attrapèrent chacun des bras de Mahlia et la traînèrent sur tout le chemin. Elle criait, elle se débattait, elle refusait de marcher. Son regard croisa celui de Tom. Il était rempli de peine, de tristesse mais elle y vit aussi une colère incommensurable. Il tenait à elle. Alors pourquoi l'ignorer ? Pourquoi l'avait-il abandonner sans aucun souvenir de ce qu'elle avait vécu ?

*   *   *

Ils avaient repris Mahlia. Ça recommençait. Artur n'avait pas laissé tomber son *sujet* préféré, il lui avait seulement donné un peu de répit. Il se demandait jusqu'où ils allaient aller cette fois-ci. Il était inquiet de se dire qu'elle n'allait peut-être pas revenir. Il ne pouvait rien y faire. Il avait vu dans son regard qu'elle ne comprenait pas la raison pour laquelle il était si froid et distant. Il voulait tellement lui dire que cela ne venait pas d'elle, que dans d'autres conditions il ne se serait jamais forcé à s'éloigner d'elle, dans d'autres conditions il serait resté à ses côtés. Mais pour le moment il ne pouvait pas, la situation était déjà trop dangereuse pour Mahlia. Il devait rester là, immobile devant cette scène douloureuse, ils allaient encore une fois la torturer.

Mahlia criait de toutes ses forces. Elle rendait le moment spectaculaire, elle semait le trouble et la peur au sein de la salle commune. Certains sujets n'avaient encore jamais été amené derrière la fameuse porte bleue, certains en était encore au stade du « où suis-je ? ». Et voir cette fille, à l'allure forte et au regard plein de courage hurler à pleins poumons en étant traînée sur plusieurs mètres les mettait mal à l'aise et les apeurait. Que se passait-il derrière cette porte ? Certains d'entres eux allaient se montrer bien trop curieux et s'approcher de la porte. D'un peu trop près selon Arthur. Ils disparaîtront tous, personne ne les reverrait jamais.

Arthur attendait Mahlia de pied ferme. Il avait un plan pour aujourd'hui. En effet, il voulait tester la loyauté de sa sœur. Il ne savait absolument pas ce qu'Alice avait fait il y a maintenant quelques semaines. Cependant, il voyait bien que toute la communauté commençait à vraiment l'intégrer et à l'apprécier. Il était impensable pour lui que cette relation de confiance continue s'il n'était pas absolument certain qu'elle était de son côté. Aujourd'hui, c'est Alice qui injecterait le produit à Mahlia. Le cas contrainre, elle deviendrait elle-même un sujet.

Alice s'était préparée comme à son habitude. Elle avait déjeuné, pris son bain, s'était habillée. Elle s'apprêtait à faire un tour dans le *village* quand elle tomba sur Arthur. Il lui demanda comment elle allait, ils discutèrent un petit moment et elle remarqua qu'il avait tout une tenue qui ressemblait à celle des infirmiers, toute emballée et neuve. Son grand frère vit que son regard ne faisait que se pencher sur le sachet. Il mit fin à ce questionnement et lui tendit le paquet en lui disant que c'était une étape qu'elle était obligée de passer afin de prouver sa loyauté. Alice était très loin d'imaginer ce qu'il allait lui demander. Elle prit le paquet et partit se changer. Elle se questionnait. Qu'allait-il lui demander ? Allait-elle avoir la force de répondre à cette demande ? Lui demandait-il de passer ce test car il savait ce qu'elle avait fait ? Elle se devait de ne rien laisser transparaitre étant donné qu'elle ne savait pas ce que son demi-frère savait ou non.

Le directeur était stressé, chose qui n'arrivait que très rarement pour ne pas dire jamais. Il mettait en jeu la vie de la communauté. C'était sa sœur, c'était son sang, il avait mis tellement de temps à la retrouver et à la ramener chez eux. Il voulait qu'elle reste. Il voulait que ça fonctionne. Il voulait lui donner sa confiance.

Alice se rendit devant la porte bleue. Elle n'avait aucune idée de ce que qu'Arthur lui réservait. Elle commençait non pas à avoir confiance en lui, mais à penser qu'il n'est pas uniquement un monstre. Elle était certaine de pouvoir le sauver. Il restait quelqu'un de sa famille, la seule dernière qui partageait son sang. Et Alice était intimement persuadée que son demi-frère avait de l'estime, du respect et de l'affection pour elle. La jeune fille était sereine, Arthur n'allait pas la trahir, il n'avait aucune réelle raison de le faire. Il arriva derrière elle, posa sa main respectueusement sur le bas de son dos comme pour lui faire comprendre qu'elle pouvait avancer. Il était particulièrement doux dans ses gestes et dans son regard. C'était à partir de ce moment là que l'anxiété d'Alice se mit à grimper d'un seul coup. Il n'était jamais comme ça. Il n'était pas quelqu'un de doux et de rassurant. Quelque chose de grave allait se passer, elle le savait. Elle devait, plus que jamais, ne rien laisser paraître.

Ils entrèrent dans une salle qui semblait être une salle de commande, derrière une vitre teintée qui fit penser à Alice qu'ils pouvaient tout voir sans être vus. Puis elle comprit. Elle vit. Son cœur se serra d'une force qu'elle ne pensait même pas humaine. Mahlia. En train de hurler, de se débattre contre des infirmiers, à taper du pied contre le sol. Son regard croisa celui du directeur qui avait reprit son rôle de supérieur et non plus de famille. Elle comprit ce qu'il attendait d'elle, pas forcément en détail, mais elle venait de comprendre que c'était sa loyauté qu'il allait tester.

Arthur prit la parole. Il lisait une feuille sur laquelle était noté absolument tout ce qui allait se passer aujourd'hui. La seringue contenant le liquide rouge allait venir se loger dans le cou du sujet numéro 1 afin de la plonger dans une phase de test. Les tests d'aujourd'hui seraient accès sur le physique. Les quatre situations à laquelle elle serait confrontée aujourd'hui seraient :

- Tu préfères manger dix sauterelles ou dix verres blancs ? Réponse enregistrée : 10 verres blancs.

- Tu préfères qu'on te coupe un doigt avec un couteau non stérile ou deux doigts avec des ustensiles adaptés ? Réponse enregistrée : deux doigts.

- Tu préfères avoir six doigts ou six orteils ? Réponse enregistrée : six orteils.

- Tu préfères avoir les muscles tendus ou les muscles mous ? Réponse enregistrée : les muscles tendus.

Le stress commençait à envahir tout le corps d'Alice. Elle ne savait pas à quel moment elle allait intervenir. Ce qu'elle allait devoir faire. Ce qu'on allait lui demander. Arthur se détacha de ses notes et leva les yeux vers sa sœur. Il prit une grande inspiration et dit à son auditoire :

- « Et aujourd'hui la personne qui aura le privilège de piquer notre sujet le plus prometteur sera ma sœur, ce geste très symbolique pour notre communauté permettra à Alice de se hisser quasiment au même rang que moi. Alice s'il te plaît rejoins moi. »

Arthur était anxieux. Tout se jouait sur les prochaines minutes. Qu'allait faire Alice ? Sa sœur allait elle résister à l'appelle du sang ou privilégier son amitié et sa bienveillance ? Alice s'avança vers Arthur d'un pas confiant et assuré. Elle monta sur la petite estrade sur laquelle il se tenait, et se mit à côté de son demi-frère. Il demanda à ce qu'on lui apporte la seringue et la donna à Alice qui ne laissa aucune de ses émotions se manifester. Un des hommes qui était aux côtés de Mahlia s'assura qu'elle était bien attachée et l'autre lui banda les yeux. Une partie d'Alice fut rassurée, en effet son amie ne verrait pas que c'était elle. Elle n'aurait pas conscience de cette trahison, même si Alice elle ne pourrait jamais s'en détacher. Elle le savait, à partir du moment où l'aiguille pénétrera la peau de son amie il n'y aurait plus de retour en arrière. Mais psychologiquement parlant, elle se rassurait en se disant que c'était juste une manière de gagner la confiance de son demi-frère, pour pouvoir sauver Mahlia. Le motif était noble, pas monstrueux comme Arthur voulait le faire penser.

La seringue était dans la main de la petite blonde. Elle avait des gants qui protégeaient sa peau du contact avec l'instrument qu'elle tenait. Dans son corps un bon nombre de choses se chamboulaient. En effet, elle avait peur d'avoir besoin de courir au toilette pour pouvoir se vider le ventre tellement il se tordait d'une manière inhumaine. La porte automatique coulissa sous ses yeux. Elle se retrouva dans la même pièce que sa meilleure amie. Malheureusement elle aurait aimé la prendre dans ses bras, et non pas s'approcher de son corps attaché pour la piquer. Elle ne criait plus. Mais elle essayait tout de même de se débattre. Elle parlait, de manière plutôt énervée et violente, mais son ton était plutôt calme, ce qui était plutôt étonnant.

Alice s'avança, elle posa sa main gauche sur la joue de Mahlia pour lui décaler le menton et la maintenir durant l'injection. Elle la piqua. Et pendant que le liquide rouge pénétrait sous la peau de Mahlia, cette dernière demanda :

- Alice, c'est toi ?

CHAPITRE 26

« Chacun de son côté. »

Deux jours étaient passés depuis que Clémence avait découvert le petit bout de papier qui allait peut être la mener à ses amies. Des dizaines de personnes avaient été mobilisées pour travailler la piste. Une partie d'elle n'était pas sereine à l'idée qu'autant de personnes soient au courant de cette potentielle avancée dans l'enquête. En effet, et si quelqu'un ici avait de mauvaises intentions ? Et si quelqu'un ici travaillait avec les personnes qui avaient enlevé ses meilleures amies. Elle ne faisait malheureusement confiance à personne à part Mathieu, et de ce fait elle devait le laisse gérer la situation. C'était son travail. Pas elle. Clémence ne devait pas céder à l'angoisse et à la peur, cela risquait de la faire retomber dans un état qu'elle ne voulait absolument pas revivre. Et puis, si elle n'était pas assez forte Mathieu la protègerait et n'accepterait pas qu'elle continue à s'investir dans cette enquête. Elle le savait. Évidemment, cette éventualité était inconcevable.

Mathieu lui était anxieux. Il avait enfin l'impression d'être utile et que l'enquête avançait. Seulement, il avançait dans l'inconnu le plus total. Ils avaient maintenant une idée de l'emplacement où se trouvaient les filles, seulement il ne savait pas du tout où il allait atterrir. Les personnes sur qui il allait tomber sur place n'était très certainement pas des enfants de cœur, et ils n'allaient probablement pas les laisser repartir avec Alice et Mahlia comme si de rien n'était. Encore une fois, l'intuition de Mathieu entrait en jeu et lui donnait l'impression que ce qui se passait là-bas était bien plus horrible que ce que tout le monde pouvait imaginer. Ce qui ajouter un potentiel problème : les kidnappeurs n'allaient pas les laisser repartir après qu'ils aient découvert ce qu'il se passait. Se rendre sur place ne semblait pas être une épreuve insurmontable. Trouver les filles, et repartir en vie ça par contre, ça semblait déjà un peu plus compliqué.

Et si cela lui sembler si compliqué c'était pour une raison en particulier. En effet, malgré ce petit bout de papier miraculeux, Mathieu n'avait cesser d'éplucher les archives, encore et encore. Et un jour il était tombé sur un gros carton poussiéreux, qui n'avait probablement pas été ouvert depuis des années, caché sous un bureau dans l'angle de la pièce. Ce carton l'avait intrigué, car il n'était pas tombé dessus facilement. Et ce jeune inspecteur savait très bien que les informations cachées étaient souvent les plus importantes. Il s'était donc approché de cette boîte avec toute la prudence possible. Il savait au fond de lui qu'il allait trouver quelque chose, quelque chose de gros, quelque chose qui allait sûrement tout changer. Mais une force invisible l'empêcha, pendant plusieurs minutes, de tirer le carton vers lui et de l'ouvrir.

Une fois le carton posé sur la table, il mit encore un peu de temps à Mathieu avant de l'ouvrir. Il déplia le haut du carton pour se frayer un accès à son contenu. Des dossiers. Des tonnes de dossiers. Tous de la couleur des dossiers protégés, un autre nom pour parler des dossiers secrets. Maintenant que tous ces papiers étaient étalés devant lui, il ne savait pas par lequel commencer. à ce moment précis, il ne savait pas que le contenu de ce carton allait le tenir éveillé pendant bien trop longtemps. Il ouvrît un dossier et tomba sur un mot qui allait, pendant les prochaines semaines, l'empêcher de dormir la nuit :

SECTE.

Tout devint beaucoup plus clair à ses yeux, les filles n'avaient pas seulement été enlevéeses, elles avaient été entraînés dans une secte. Matthieu n'avait jamais, jamais, jamais eu a gérer à ce genre d'affaire. il n'aurait pu imaginer que cela lui arriverait, une secte. Cela n'arrive qu'aux autres ! Cela n'arrive pas tout court. Comment allait-il pouvoir expliquer à Clemence, que ses amies n'avaient pas seulement disparu, mais qu'elles étaient très probablement au cœur même d'une secte ? Il était incapable de lui annoncer ça. Il se sentait lâche, mais à ses yeux la manière la plus douce pour qu'elle l'apprenne, était qu'elle aussi elle lise ces dossiers.

Plusieurs jours passèrent sans qu'il puisse trouver le courage d'amener Clemence devant ces tas de feuilles. Il essayait de faire comme si tout allait bien devant elle, mais il se rendait bien compte qu'elle le soupçonnait de quelque chose. Il ne pouvait absolument pas dire ce à quoi il pouvait bien penser, mais ce lourd secret finirait par leur causer du tort à tous les deux. Il fallait qu'elle soit au courant. Cela allait, très certainement, être un moment, très compliqué à passer, et même à surmonter.

Le moment était venu. Il s'approchait doucement de Clemence qui était en train de relire un de ses cours. Il passe à la main sur sa nuque, ce qui entraîna le regard de la jeune fille sur lui. Elle put lire sur son visage qu'il se passait quelque chose, et que cette fois-ci, ça n'allait pas être une bonne nouvelle. Ses yeux, le questionnèrent. Après quelques secondes, il lui fit signe de le suivre, elle s'exécuta sans poser de questions. La scène se déroula exactement comme il avait pu l'imaginer : ils arrivèrent dans la salle des archives, elle se dirigea d'elle-même vers les dossiers. Elle s'assit sur la chaise et commença les feuilleter. Plus elle lisait de pages, plus son regard s'assombrit, et, plus sa main venait se coller sur ses lèvres pour l'aider à supporter tout le poids qu'il y avait dans sa tête. Puis sa main finit par tomber sur les papiers. Quelques secondes s'écoulèrent avant qu'elle lève les yeux sur Mathieu. Aucune larme à l'horizon. Seulement un regard noir de colère. Une vague de chaleur commença à prendre possession des joues du charmant inspecteur. Il était persuadé qu'elle lui en voulait. Mais bien, au contraire, elle était extrêmement reconnaissante du fait qu'il lui fasse aussi confiance. Mais elle était horrifiée de savoir où était tombées ses amies. Elle comprit qu'aller les sauver allait s'avérer encore plus compliqué que ce qu'ils avaient imaginé.

Ils rentrèrent tous les deux chez Clémence. Le trajet fut silencieux, chacun d'eux réfléchissait de son côté. Ni Mathieu, ni Clémence n'avait la moindre idée de comment tout cela allait pouvoir se passer. Ils avaient l'impression de se lancer dans une mission suicide. Jusqu'ici ils pensaient que le plus compliqué serait d'être capable d'arriver sur les lieux. Mais, enfin de compte, repartir semblait être bien plus complexe maintenant.

En passant le bas de la porte derrière son copain, Clemence pris son courage à deux mains et demanda d'une voix tremblante :

« Comment on va faire ?

Mathieu se retourna pour lui faire face et répondit :

- Je n'en ai absolument aucune idée… Mais ce qui est sûr, c'est que je ne vais pas abandonner maintenant, je ne vais pas les abandonner elles, je vais les trouver. »

Sa copine put lire dans ses yeux qu'il ne mentait pas. Il était sûr de lui, cette mission était réalisable. Non sans risque, non sans danger, mais réalisable. Cependant, elle se demandait s'il allait continuer à la laisser s'investir comme elle le faisait maintenant. Elle ne voulait pas être mise l'écart de nouveau, elle travaillait tellement sur elle pour réussir à rester au centre de l'enquête. Et en même temps, jusqu'ici tout lui avait paru faisable, réalisable, envisageable. Maintenant, elle voulait toujours y croire, mais elle commençait à douter. Ses amies étaient retenues dans un endroit dirigé par des personnes qui, vraisemblablement, disposaient de valeurs et de normes bien *spéciales*. S' ils arrivaient à atteindre leur objectif, sur quoi allaient-ils tomber ? Qu'allaient-ils voir ? Dans quel état allaient-ils retrouver les deux jeunes filles ?

Ce soir là, Clémence n'arrivait pas à se sortir ces informations de la tête. Elle y pensa à table, elle y pensa sous la douche, elle y pensa devant la télévision, elle y pensait toujours en se couchant. Elle tourna longtemps dans son lit avant de décider de se lever et d'allumer son ordinateur. Elle resta quelques minutes à réfléchir à ce qu'elle allait chercher. Elle baissa le son et la luminosité pour être certaine que Mathieu ne remarque rien peu importe où il se trouvait dans la maison. Elle fit des recherches sur les sectes, comment elles se formaient, pourquoi, et leurs pratiques. Elle y passa des heures, si ce n'est pas la nuit entière. Bien evidemment, les larmes lui montèrent à la lecture de toutes les atrocités que ces communautés s'adonnaient. La peur était à deux doigts de prendre le dessus. Elle n'était plus sûre que ses amies étaient toujours de ce monde, ou qu'elles le seraient quand ils arriveraient pour les sauver. Et puis elle devait risquer sa vie et celle de toute l'équipe qui fera le déplacement, pour ne peut-être sauver personne, et ne jamais revenir. Étaient-ils en train de prendre la bonne décision ? Ne devait-elle pas lâcher prise une bonne fois pour toute ? Elle était assise sur sa chaise de bureau blanche, un pied posé sur cette dernière et le genou à sa poitrine, les bras enroulés sur ce dernier. Elle ne savait plus quoi penser, ni quoi faire et encore moins comment en parler à Mathieu. Il se battait depuis des semaines et ils étaient presque au bout, le plus gros travail était fait, et voilà qu'elle se mettait en douter.

De son côté, l'inspecteur était assis sur la table de la salle à manger, le dossier sous les yeux. Il était confiant. Malgré tout ce bazar il arrivait même à être content. En effet, cette histoire qui jusqu'ici n'avait ni queue ni tête, commençait à prendre sens. Ils avaient une piste sérieuse. La partie théorique était pratiquement terminée, il allait maintenant passer à la phase pratique, à l'action. Il savait que les risques existaient, qu'ils étaient énorme, qu'ils étaient mortels. Mais c'était exactement pour cela qu'il faisait ce metier. Il était prêt à risquer sa vie pour sauver celle des autres. Une question lui trottait encore dans la tête : comment laisser Clémence s'investir comme elle le souhaite sans risquer de la perdre pour de bon ? Il ne voulait pas l'interdire de venir, il savait qu'elle ne lui pardonnerait jamais. Mais il ne voulait pas la voir mourir sous ses yeux. Car oui, malheureusement, il avait bel et bien conscience que c'était une des possibilités en se lançant dans cette mission.

Ni Clémence, ni Mathieu n'avait idée de ce que l'autre penser à ce moment précis. Chacun des deux était tourmenté par des sentiments forts, mais aucun ne comptait les partager. Ils comptaient rester dans leur coin pour ne pas se perturber, sans savoir qu'aucun des deux n'est réellement en paix. Mathieu ne voulait pas inquiéter Clémence, cependant il était déjà trop tard pour cela, et elle commençait à douter de leur capacité à sauver ses amies, de si ce n'était pas trop tard. Sa plus grande peur n'était pas de ne pas retrouver ses amies, non, sa plus grande crainte était de les retrouver mortes.

CHAPITRE 27

« UN VOL. »

Beaucoup de choses se passaient dans la tête d'Alice, en même temps que l'aiguille traversait la peau de Mahlia. Il lui était impossible de montrer à son amie qu'elle était de son côté, Arthur l'observait, il était là, et il scrutait le moindre faux pas. Elle devait maintenant plonger consciemment son amie dans un état second, tout en sachant que la dernière chose dont Mahlia se souviendrait, serait que sa soi-disant amie était le bras droit de l'ennemi. Une fois l'entièreté du produit injecté dans les veines du sujet 001, Alice leva les yeux vers Arthur. Son regard était noir et profond. Il la regarda avec fierté, il hocha la tête en signe d'approbation. Alice déposa la seringue dans le petit bac en métal mis à sa disposition, elle regarda à son amie pendant quelques secondes, puis elle tourna à les talons et sortit de la salle.

En passant la porte, elle tomba directement sur son demi-frère, il lui mis une main sur l'épaule et lui dit à quel point il avait été impressionné de son sang-froid. Il lui expliquera aussi que la plupart des personnes ayant pour mission de piquer les sujets, vomissait la première fois. Il rigola. Le ventre d'Alice se retourna et elle eut un haut de cœur qu'il fallut camoufler. Elle fit semblant de rire avec lui puis lui répondit qu'ils avaient l'estomac fragile dans. Le regard d'Arthur s'adoucît comme s'il venait de réaliser, à l'instant même, que sa sœur partageait bel et bien le même sang que lui.

De son côté Mahlia était partagée entre un sentiment de joie inexplicable : son amie était en vie, elle en était sûre. Le tissu qu'elle avait sur les yeux n'obstruait pas entièrement sa vision et elle avait pu apercevoir le bracelet de son amie sur son poignet. Et d'un autre côté, Alice était de l'autre côté. Comment cela était-il possible ? Elle était incapable de l'envisager sérieusement, elle était persuadée qu'un détail lui échappait. Malheureusement, le produit commençait à faire effet et ses idées étaient de plus en plus floues. Elle n'arrivait plus à organiser ce qui se passait dans sa tête. Elle sentait qu'elle lâchait prise malgré le fait qu'elle se battait de toutes ses forces pour rester éveillée . Mais elle ne pouvait rien contre le contenu de la seringue.

Elle tomba dans un sommeil profond tout en restant bien consciente de ce qui se passait. Du moins, c'est ce qu'elle ressentait. Une scène commença à apparaître sous ses yeux. Il lui fallu plusieurs minutes pour être complètement éveillée dans cette dimension là. Petit à petit le décor se distingua, sous ses yeux se trouvait une maison en feu. En face de cette maison une forêt noire et dense. Mais pas en train de s'émietter sous les flammes. Mahlia commença donc à courir vers cette forêt, instinctivement. Puis son corps se mit à ne plus répondre à ce qu'elle lui demandait.

En effet, ces tests comme ils les appelaient, n'étaient pas élaborés au hasard. Une réelle réflexion, une recherche poussée qui était fondée sur des choix fait par les sujets eux mêmes. Tous les sujets, sans exception, étaient des jeunes personnes qui utilisaient l'application « tu préfères », application qui leur demandait de faire des choix entre des situations plus ou moins complexes, plus ou moins inhumaines. Jusque là, ce n'était qu'un jeu voir un simple passe temps pour ces jeunes gens. Seulement leurs choix avaient maintenant de grosses conséquences sur leur vie, sur leur santé et malheureusement sur leur potentielle mort. S'ils avaient su que tous ces choix, qui paraissaient si anodins, si ridicules, sans conséquence, jusqu'ici ce n'était que du virtuel, que de l'abstrait, uniquement du *faux*.

Maintenant c'était réel, palpable et avec des retombées physiques. Et puis en témoigne le changement de numéro sur les portes de chambres, certains disparaissaient du laboratoire. Les sujets se posaient de nombreuses questions : pourquoi certains disparaissent ? Où vont-ils ? Si tous les tests sont passés, peuvent-ils rentrer chez eux ? Sain et sauf ? La réalité était bien différente de tout cela. Si les numéros sur les portes changeaient c'était bel et bien parce que les sujets qui y dormaient avaient disparu. Ils étaient morts. Personne n'était jamais sorti d'ici *vivant*. Les tests n'étaient qu'un prétexte pour trouver quelqu'un d'assez fort, d'assez intellectuellement développé pour faire des transplantations de cerveau sur leur communauté, afin de pouvoir avoir les meilleurs éléments possible, à leurs yeux évidemment.

Alice n'avait aucune idée de cette partie là du projet. D'ailleurs elle ne s'était jamais réellement posée la question sur le pourquoi du comment de toute cette organisation. Elle avait tellement été retournée par l'endroit, la communauté, son demi-frère, le rôle qu'on lui avait attribué si rapidement, qu'elle en avait presque oublié ce qu'il s'y passait réellement. Bien évidemment, elle n'avait jamais perdu de vue son objectif qui était de sortir sa meilleure amie de ce terrible laboratoire, mais le reste l'importait peu. Cependant, elle se sentait affreusement mal, pas seulement physiquement. Les images de la peau de Mahlia perçait par l'aiguille qui l'a endormie, sa voix disant son nom. Elle avait participé à cette horreur. Elle avait prêté main forte à son demi-frère. Elle essayait tant bien que mal de se rassurer, de se dire qu'elle avait fait sa pour le bien de son amie, qu'elle n'avait pas eu le choix. Assise sur son lit, appuyée sur ses coudes et les jambes croisées, ses sens étaient en éveil. Elle sentait la forte odeur d'hôpital dans sa chambre, ce qui lui rappelait qu'elle n'était justement pas dans sa chambre. La lumière était forte, blanche, presque aveuglante. Sa tête commença à tourner, elle ne se sentait pas bien. Sa poitrine se serra et elle se précipita vers les toilettes pour vomir. Elle vomit tellement qu'elle pensait que ça n'allait plus jamais s'arrêter. Tous ses remords semblaient essayer de s'échapper de son corps, littéralement. Lorsque son corps fut calmé elle s'assit contre le mur de la salle de bain, à même le sol. Quelqu'un toqua à la porte, et entra.

« Ce doit être Arthur. ».

Pensa-t-elle. Et elle avait raison. Elle n'avait pas le temps de reprendre son souffle qu'elle devait déjà reprendre son rôle de parfait petit soldat.

« Tout va bien petite sœur ? Serais-tu boulversée de ce qui s'est passé dans la pièce de test ?

Question piège. Elle le savait.

- Absolument pas. J'ai l'impression que j'ai du mal digérer quelque chose. Tu penses qu'un membre de la communauté aurait pu me donner quelque chose ?

Elle savait exactement ce qu'elle faisait. Le visage du directeur se durcit d'un coup.

- Tu crois ? Dans l'idée, c'est possible mais qui t'aurait fait ça ? Quelqu'un n'accepterait pas ton retour dans la communauté ? Quelqu'un ne t'accepterait pas dans la *famille* ? C'est inacceptable. »

Il sortit en claquant la porte. Elle souffla. Un innocent allait probablement payer pour ce qu'elle venait de dire. Mais elle avait compris que dans l'enceinte de ces murs tout était une question de vie ou de mort. Si elle avait avoué à son demi-frère qu'elle se sentait mal d'avoir piqué Mahlia, toute sa crédibilité et la confiance qu'il lui accordait se seraient évaporées. Elle serait de nouveau passée de l'autre côté, du côté des sujets. Et de ce côté là, elle ne pouvait rien faire. Alice repartit sur son lit, cette fois-ci elle ne se contenta pas de s'assoir, elle se réfugia sous la couverture et s'endormît.

De son côté Mahlia était toujours en grande souffrance. Elle n'était pas lucide et pourtant elle comprenait certaines choses. C'était flou, comme si ses yeux étaient remplis de larmes, elle ne distinguait pas grand chose de ce qui l'entourait. Elle avait juste mal. Elle souffrait, chaque cellule de son corps se battait contre la douleur. C'était exactement ce qui rendait ses résultats si bons. Les sujets qui avaient perdu la vie durant les tests étaient ceux dont le mental avait lâché en premier et que le corps était trop affaibli. Mahlia elle n'avait *que* le corps d'affaibli. Son mental tenait car le produit des seringues l'endormait, mais n'attaquait pas assez son cerveau pour qu'elle vive toutes les situations, pour qu'elle se rende compte de tout. Elle souffrait seulement. La peur n'existait pas, le stress non plus, elle tenait bon.

Arthur, de l'autre côté de la vitre teintée, était hors de lui. La pièce était moite à cause des infirmiers qui étaient en état de stress intense et d'Arthur qui s'énervait depuis plusieurs minutes. Le dossier du sujet 001 qu'il avait dans les mains vola contre la vitre avant de s'éparpiller sur le sol et de recevoir un coup de pied du directeur.

« Mais qu'est ce qu'il se passe bordel ? Pourquoi ses résultats sont si haut ? Pourquoi elle ne lâche pas ? Ça ne peut pas être son cerveau celui qu'on cherche, cela ne *doit* pas être son cerveau. Ce cerveau va potentiellement être greffé à ma sœur, pour faire d'elle le meilleur bras droit possible, il est hors de question qu'elle ait un cerveau de rebelle comme cette fille là. Débarrassez moi d'elle, je ne veux plus la voir.

- À vos ordres chef. » Répondirent tous les infirmiers en cœur, tête baissée.

Arthur se dirigea vers la chambre de sa sœur et y entra brusquement. Alice ne bougea pas. Elle était plongée dans un sommeil profond. Son demi frère s'approcha d'elle et sa colère se calma radicalement, il avait confiance en elle et la voir dormir aussi paisiblement le laissait penser qu'elle se sentait de mieux en mieux dans ces murs. Si seulement il savait. Il sortit de la pièce en essayant de faire le moins de bruit possible et il ferma la porte derrière lui. Il se dirigea vers la porte qui menée au cœur même de la communauté. Il était déterminé à trouver qui avait rendu sa sœur malade, volontairement ou non.

Mahlia était toujours endormie. Elle avait été mise dans une pièce et deux possibilités s'offraient aux infirmiers : soit il la laissait attachée et elle finirait bien par mourir, Arthur ne serait pas contre cette option là, soit ils la tuaient. Ça serait plus rapide et ils pourraient se débarrasser du corps de suite. Cependant un des infirmiers était sceptique. Il rappela à ses collègues les résultats de la jeune fille, le potentiel qu'elle représentait. Il émit l'hypothèse que son cerveau pouvait être gardé. Qu'ils pouvaient certes finir par se débarrasser d'elle, mais qu'il pouvait lui voler son cerveau avant.

CHAPITRE 28

« LA PROMENADE. »

Le matin du grand départ était arrivé. Clémence n'avait évidemment pas fermé l'œil de la nuit. Mathieu non plus. L'inspecteur s'approcha de la jeune rousse, il passa sa main dans son dos pour la rapprochait de lui et lui embrassa le front. Lui dit qu'il avait confiance, qu'il ne la laisserait pas tomber et qu'ils allaient s'en sortir sains et saufs. Toute une équipe les accompagnait, seulement, ils seraient seuls à pénétrer dans le laboratoire. L'hélicoptère allait se poser plutôt loin du bâtiment afin d'éviter tout soupçon. Clémence et Mathieu allaient marcher plusieurs heures avant d'arriver aux abords du laboratoire. Ils ne le savaient pas, mais l'endroit par lequel ils allaient arriver serait juste en face du village. Ils ne s'attendaient vraiment pas à tomber sur toute une

243

communauté, et que cette communauté avait quand même la particularité physique de tous être blond polaire avec une peau très claire. La jambe de clémence trembla d'anxiété tout le long du voyage. Une bonne quinzaine d'heures de vol les attendait. Les deux amoureux étaient assis l'un en face de l'autre. Ils étaient aussi stressés l'un que l'autre, mais ils se souriaient mutuellement. Aucun d'eux ne voulaient transmettre son anxiété à l'autre.

Les 5 premières heures étaient passées quand ils se sont posés pour faire une pause, pour manger, pour revoir le plan encore et encore. Dans sa tête, Clémence était perdue. Elle se répétait en boucle que tout allait bien se passer, qu'ils allaient s'en sortir, que Mathieu allait s'en sortir, qu'ils allaient retrouver ses amies saines et sauves, et que d'ici quelques jours ils seraient tous de retour à la maison, ensemble. Elle se rassurait en se disant que les dernières semaines de calvaire qu'elle venait de vivre touchaient à leur fin même si elle allait être longue et risquée. Elle savait très bien qu'elle risquait sa vie, qu'il y avait des possibilités de ne jamais rentrer chez elle. Aucun d'eux n'avait idée de ce qui les attendait. Le vol était long, vraiment long. Plus les minutes, les heures passées plus le cœur de Clémence se serrait.

Ils arrivèrent à l'endroit où ils allaient atterrir, à partir de maintenant ils ne seraient que tous les deux. Ils pourraient bien évidemment entrer en contact avec leur équipe via les oreillettes dont tout le monde disposait, cependant l'équipe ne pourra pas intervenir en urgence. Autrement dit, ces oreillettes étaient là pour donner l'impression qu'ils étaient bien accompagnés et sécurisés alors qu'ils allaient être totalement seuls.

Mathieu descendit le premier, le reste de l'équipe suivit alors que Clémence elle était toujours assise, bien attachée avec son sac à dos collé au torse et les jambes tremblantes. Alors que tout le monde commençait à se mettre en mouvement pour monter le campement, la jeune fille elle était incapable de bouger. Mathieu s'agrippa à l'hélicoptère et se hissa jusqu'à elle, il lui déposa un baiser furtif sur les lèvres avant de décrocher sa ceinture avec sa main libre. Il attrapa ensuite son sac qu'il fit glisser sur son épaule, puis il lui tendit la main. Elle l'attrapa et avec le peu de lucidité qu'il lui restait elle se leva, il sauta à terre pour pouvoir lui tendre les bras afin de l'aider à descendre à son tour. Une fois à terre il lui déposa à nouveau un baiser cette fois-ci sur le front, et il resta comme ça plus longtemps. Clemence sentit ce que ce baiser voulait dire : que tout irait bien, qu'ils allaient s'en sortir vivant.

Cela faisait maintenant une bonne heure qu'ils avaient atterri, le campement était presque entièrement monté et Mathieu s'apprêtait à rassembler tout le monde afin de rappeler les enjeux de cette mission, les règles et les procédures à suivre. Dans son coin, l'inspecteur se remémorait ses années d'études et de formation pour ce métier dont il rêvait depuis toujours. Jamais il n'aurait pu imaginer finir dans une forêt en plein milieu de la Sibérie profonde pour aller chercher deux jeunes femmes enlevées par une présumée secte, et tout cela accompagné de sa petite amie, elle-même amie avec les disparues. Comment avait-il fait pour en arriver là ? Il n'en avait pas la moindre idée. Jamais il n'aurait pu imaginer vivre une histoire d'amour pareille, il s'était encore moins imaginé mener une telle enquête. Et les deux en même temps, il avait encore beaucoup de mal à réaliser.

Clémence suffoquait, son cœur était serré, elle se sentait partir, ses jambes étaient molles et des sueurs froides parcouraient tout son corps. Mais extérieurement personne ne pouvait deviner ce qui se passait pour la jeune fille. Elle semblait tout à fait sereine et apaisée.

Il ne restait que quelques heures avant le grand départ. Clémence et Mathieu étaient dans leur tente en train de préparer leur sac. L'inspecteur tendit sa gourde à la jeune fille. Elle le remercia d'un signe de la tête. L'atmosphère était lourde, aucun des deux ne parlait, aucun des deux n'en avait envie. Beaucoup de choses traversaient leurs esprits à cet instant : cette nuit était-elle leur dernière ? Allaient-ils rentrer ? Tous les deux ? Qu'allaient-ils trouver sur place ? Mahlia et Alice étaient-elles vivantes ? Clémence craqua.

« Et si on était en train de faire tout ça pour rien ? Et si elles étaient déjà mortes et enterrées ?

Mathieu réfléchit quelques secondes à ce qu'il allait répondre.

- Et si elles étaient en vie ?

Clémence souffla.

- Tu me demandes l'inverse de ma question, tu n'y réponds pas.

- Ok, si elles sont déjà mortes et enterrées comme tu le dis si bien, tu ne veux pas en être sure et pouvoir leur dire au revoir ?

- Sincèrement je ne sais pas si j'en serai capable. On est censé dire quoi sur la tombe, qui n'en sera probablement pas une, à ses deux meilleures amies ?

- On dit ce qu'on veut, ce qu'on a sur le coeur et ce qu'on aimerait qu'elles entendent. À mon tour, j'ai une question.

- Vas y.

- Qu'est ce que tu vas dire à tes deux meilleures amies, que tu es venue sauver, quand tu les auras en face de toi ?

Clémence leva la tête de son sac et fixa un point en face d'elle. Elle ne savait vraiment pas quoi répondre à cette question. À aucun moment au cours de ces dernières semaines elle n'avait songé à ses retrouvailles avec les filles.

- Je sais pas. Probablement « bougez-vous, il ne faut pas rester pas ici. » »

Il y eu un silence de quelques secondes. Puis les deux amoureux se regardèrent et éclatèrent de rire. Ces rires résonnèrent dans tout le camps si bien que tout le monde se demanda ce qui pouvait bien se passer de si drôle.

Quelques heures plus tard, Clémence et Mathieu étaient couchés. Ils étaient tous les deux dans la même position, sur le dos et les bras croisés sur la poitrine. Leur cerveau ne voulait pas déconnecter, leurs corps ne voulaient pas se reposer. Le soleil se leva bien plus vite que prévu, la jeune femme venait juste de fermer les yeux que son réveil sonna et lui fit manquer un battement de coeur. Avant même qu'elle eut le temps de bouger les paupières, la main de Mathieu était venue se poser sur les siennes toujours croisées. Son regard à lui était à la fois interrogateur et rassurant. Il demandait si tout allait bien, tout en disant que oui, tout irait bien. Il demandait si elle était prête à y aller, tout en affirmant qu'elle était plus prête que jamais. D'un signe de la tête et avec un regard puissant, sans un mot, elle confirma ce qui lui avait dit. Elle se leva ce qui fit tomber la main de Mathieu sur la cuisse de Clémence, il la serra doucement avant de s'appuyer pour se relever, puis il tendit son sac à Clémence. Ils sortirent tous les deux de leur tente en sachant très bien que cette journée allait changer leur vie.

Tout se passa très vite entre le moment où ils sortirent de la tente avec toute leur équipe qui les attendait pour faire un dernier point, et celui où ils n'étaient plus que tous les deux, encerclés par les arbres, marchant dans la forêt. La tête de Clémence était vide, son cerveau était en pilote automatique et elle avait l'impression que son corps ne ressentait plus rien. Elle était là, sans être présente. Mathieu lui était à 100% conscient du moment présent. Il ressentait chaque flocon de neige qui grinçait sous sa chaussure, chaque branche qui venait lui érafler le visage, chaque brise qui venait caresser ses vêtements. Rien ne lui échappait, pas même l'état de Clémence.

« Je croyais qu'aller sauver tes amies étaient ce que tu voulais le plus au monde ? Lança-t-il.

- Évidement que c'est ce que je veux le plus au monde. Je veux les sauver. Mais qui me dit qu'elles sont pas déjà en train de pourrir ?

- C'est pas toi qui parle, c'est l'inquiétude, jamais tu n'aurais pu dire une chose pareille sur Mahlia et Alice. Tu n'oses même plus prononcer leurs noms. Comme si elles étaient déjà mortes.

- Mais c'est peut-être le cas, on a peut-être fait tout ça pour rien.

- Oui peut-être, alors quoi ? On fait demi-tour ?

Il ne s'arrêta pas de marcher. Il n'avait aucune envie de faire demi-tour.

- Non.

- Alors parle moi s'il te plaît. De ce que tu ressens, ou pas je m'en fiche. Mais parles moi. Dis moi que tu meurs de froid, dis moi que ça te saoule de marcher, dis moi que tu as oublié ta gourde, dis moi que je te fais chier. Mais parles moi Clémence. Ne me laisse pas une seule seconde regretter de t'avoir laissé m'accompagner jusqu'ici.

- Je veux pas que tu regrettes. J'ai juste peur d'avoir fait tout ça pour rien, voir même d'être en train de nous mettre en danger.

- On *est* en danger Clémence.

- Je sais, mais j'aimerai vraiment rentrer en vie.

- Je comprends. On va faire ce qu'il faut pour. »

La discussion s'arrêta là. Mais leur périple ne faisait que commencer. Ils marchèrent pendant des heures sans se parler, ils étaient tous les deux concentrés sur ce qui se passait autour d'eux. Ils se posaient des questions sur l'endroit où ils se rendaient. Il y avait des possibilités pour qu'ils soient déjà repérés, pour que quelqu'un les attendent à leur arrivée. Ils étaient peut-être déjà morts.

CHAPITRE 29

« LE QUATUOR D'OR. »

Alice se réveilla en douceur, comme si elle n'était plus prisonnière d'un demi frère complètement diabolique et qu'elle n'était pas destinée à un futur tout droit sorti d'un roman fantastique. Elle souriait presque. Elle se reprit rapidement. Il y avait toujours des caméras dans sa chambre, et elle était censée avoir été empoisonnée. Se réveiller souriante et en pleine forme n'allait pas trop avec ce rôle.

De son côté, Arthur était toujours en train d'errer au sein du village pour trouver le fautif. Peu importe qui il était, il serait puni, et lourdement. On ne touchait pas aux membres de la famille royale. Encore moins à sa sœur. Ce n'était pas les éleveurs, ni les agriculteurs sinon d'autres personnes seraient tombées malades. Ça ne pouvait pas non plus être ceux qui transportaient les produits de la ferme jusqu'aux cuisines si on suivait cette logique là. Cela ne pouvait donc être que le cuisinier. Arthur fit demi-tour pour se rendre en cuisine. En même temps, Alice s'était levée pour aller boire un chocolat chaud. Les deux membres de la famille royale se rendaient au même endroit, au même moment, et Alice ne s'attendait pas du tout à assister au tragique événement qui arrivait. En effet, une fois arrivée sur place elle tomba sur Arthur en plein interrogatoire pour savoir *qui* avait cuisiné le repas de sa sœur. Alice croisa son regard et elle comprit de suite. Le cuisinier se désigna sans trop se poser de question. Arthur du bref et très clair :

« Qu'il soit exécuté, immédiatement. »

Le cœur d'Alice manqua un battement. Elle venait de condamner un innocent à la mort. Mais elle ne pouvait pas avouer son stratagème, sinon elle allait probablement subir la même chose. Elle se rendit compte de tout ce qu'elle était prête à accepter pour sauver Mahlia. Pour Mahlia tout court d'ailleurs. Par *amour* pour Mahlia.

Le sujet 001 était toujours allongé sur la table qui était censée servir pour se débarrasser d'elle. Arthur n'avait pas encore dit à sa petite sœur ce qu'il avait fait de son amie. Il ne comptait pas vraiment lui dire à vrai dire. Il pensait que la meilleure chose à faire était d'attendre que sa sœur commence à se poser des questions, cela l'aiderait à gagner du temps. Il espérait sincèrement que sa sœur allait se rallier de tout son cœur à sa cause pour qu'elle puisse comprendre pourquoi il avait dû se débarrasser de Mahlia. Il espérait profondément qu'un jour elle comprendrait.

Pour Mahlia la situation s'annonçait vraiment mal : elle était allongée sur une table, inconsciente, dans une pièce fermée de l'extérieure. Mais c'était sans compter sur Tom qui avait vu un grand nombre de personnes disparaître au fil du temps et qui s'y était intéressé. Il savait où était cette pièce et surtout où était rangée la clé de la porte. Pour l'instant il était inquiet mais pas non plus en alerte. Son amie avait déjà disparue pendant de longues heures et il ne s'était jamais lancé à sa recherche.

Cependant, les heures passées. De nombreuses heures passées. Trop d'heures. Tom avait pris sa décision, ce soir il irait chercher Mahlia. Il était persuadé qu'elle faisait maintenant partie des personnes qui « disparaissaient ». Il savait que maintenant il fallait qu'il se dépêche pour la sauver. Le stresse montait, il ne savait vraiment pas si elle était encore de ce monde, ni même si son corps était toujours au labo.

Le cuisinier se retrouvait maintenant sur la grande place du village, sa sentence allait être annoncée à la communauté et les raisons de cette dernière aussi. Il n'allait évidemment pas être mis à mort sous les yeux de ses frères et sœurs, encore moins devant les enfants de la communauté. La scène fut très poignante et vécue comme une immense perte pour tout le monde. Certains pleuraient, d'autres avaient la main posait sur la bouche tant ils étaient sous le choc. Arthur parla durant un long moment, il raconta le parcours de ce cuisinier qui était lui même fils de cuisinier. Ses parents n'étaient pas dans la foule, ils étaient partis de causes naturelles il y avait plus de deux ans de cela. Il n'avait pas d'enfants, pas de femme non plus.

« Voyez vous, mes chers enfants, c'est le cœur plutôt lourd que je prends cette décision dure et sévère. Cependant il m'est impossible de laisser ce genre de comportement sans sanction, il est intolérable de s'en prendre à Alice, ma sœur, mon sang et votre princesse. »

Princesse ? Alice qui était présente lors de ce discours, cachée au fond de la foule, se questionna sur ce terme. Pourquoi était-il roi et elle seulement princesse ? Il n'avait ni femme, ni reine à ces côtés. Elle devrait avoir elle aussi ce titre royal, quitte à être retenue ici, autant s'octroyer le plus de privilèges possible. Alice s'était lié d'amitié avec une jeune femme de la secte, Maya. Elle leva la tête pour essayer de la trouver dans la foule, pour s'assurer qu'elle allait bien. Arthur aimait sa communauté, mais il tenait encore plus à son sang, c'est à dire à Alice. Donc elle commença à psychoter , si Maya était trop proche d'elle, elle serait peut-être amenée à être exécutée elle aussi. Elle chercha encore et encore, longtemps, avant de croiser le regard de Maya dans la foule. Elle souffla, ses talons se reposèrent sur le sol et ses épaules se décontractèrent. Les deux jeunes filles se sourirent. À ce même moment, elle entendit son demi-frère finir son discours et demander à tout le monde de faire leurs adieux au cuisinier, faire leurs adieux à Alexandre.

Alice fut touchée, jusqu'ici ce cuisinier n'était que le cuisinier, maintenant elle avait un nom, cet homme s'appelait Alexandre. Il était une personne, qu'elle avait sacrifié, pour sauver sa peau à elle. Elle se rendit compte de ce qu'il passait, c'était la loi du plus fort. Du moins, la loi du plus malin. Personne n'eut besoin de forcer Alexandre à suivre Arthur, comme s'il avait accepté son sort, comme s'il était d'accord avec cette décision. Alice se mit à douter : l'avait-il réellement empoisonné ? S'était-elle trompée ? Arthur et Alexandre se dirigeaient vers la grande porte pour retourner dans le laboratoire. Arthur sourit à Alice. Quand Alexandre se trouva à la hauteur de la petite blonde il lui souffla :

« Bon courage ma reine. »

Alice resta figée. Cet homme venait de se sacrifier pour elle, sans aucune hésitation. Il l'avait appelée « ma reine ». Pourquoi ? Qu'est ce qu'Arthur lui cachait ? Était-elle plus importante qu'il le laissait sous entendre ? Alice chercha de nouveau Maya, elle était déjà en train de repartir vers sa maison, comme si elle était plus touchée par la situation qu'elle ne le laissait transparaître. Alice la suivit de loin pendant de longue minutes puis elle prit un raccourci pour pouvoir arriver devant chez son amie en premier. Elle arriva seulement quelques secondes avant Maya, et cette dernière fut très surprise.

« Qu'est-ce que tu fais là Alice ? Avec le contexte de la journée tu devrais rester de l'autre côté.

- Tu le connaissais ?

- Qui ?

- Alexandre, de qui veux-tu que je parle ?

- Oh, le *cuisinier* comme tout le monde l'appelle.

- Oui tu le connaissais.

- Non pas vraiment, on était juste à l'école ensemble. Mais disons qu'une vie reste une vie. Mais je comprends que ton frère …

- Demi-frère, coupa Alice.

- Que ton demi-frère soit obligé de te protéger à tout prix, tout en te tenant le plus loin possible de la vérité.

- Comment ça de la vérité Maya ?

- Ah non, je suis ton amie mais je tiens beaucoup trop à ma vie pour te révéler quoi que se soit ma belle.

- Maya s'il te plaît.

- Hors de question, tu ne tireras rien de moi, j'en suis désolée, le ton de Maya était sévère. Alice savait qu'elle n'en tirerait rien de plus, cependant tout ce que je peux te dire c'est que les condamnés ne sont jamais exécutés le jour de leur condamnation. Souvent ils attendent une journée, voir deux. Alexandre lui n'a plus rien à perdre. »

Tout en finissant sa phrase Maya rentra chez elle et ferma la porte. Alice resta là, sans savoir quoi faire ou même quoi penser de ce qu'elle venait d'entendre. Puis ses idées s'éclaircir : une journée c'était court, 24h c'était rien. Il fallait qu'elle trouve Alexandre, qu'elle arrive à le voir seule, et qu'il accepte de répondre à ses questions.

La nuit tombait. Tom était sur les nerfs, il attendait 23:59 et il comptait bien sauver Mahlia. Il ne savait pas vraiment comment car si elle avait été envoyé dans cette pièce c'est qu'Arthur ne voulait plus la voir vivante. Ça pouvait devenir une force si Tom élaborait un plan. Cependant, la peur et la colère prenaient le dessus et il n'était plus en capacité de réfléchir. De son côté Alice était un peu dans le même état. Elle avait fini de dîner avec son frère et sa garde rapprochée, elle était de retour dans sa chambre. Elle prit une douche chaude, elle resta de longue minutes sous l'eau. Ses idées n'étaient pas claires. Elle s'assit sur le bord de son lit et fixa le sol. Tom était exactement dans la même position, à quelques mètres de là. Les deux étaient dans l'attente. Les minutes étaient longues.

23h50 arriva. Tom et Alice étaient dans le même état d'esprit, avec un but différent, mais la même motivation. À 23h57 ils étaient tous les deux postés derrière la porte de leur chambre. Alice n'avait pas de preuve contrainte de la baisse de sécurité qui s'opérait à 00h00, cependant elle avait entendu des infirmiers discuter à ce sujet ce qui lui avait mis la puce à l'oreille. Mahlia était morte aux yeux d'Arthur, le directeur devait donc être serein et moins tendu, donc moins à l'affût. Ce détail rassurait Tom. Alice elle n'avait aucune idée de ce détail. D'ailleurs au final, elle avançait réellement à l'aveugle. Durant les quelques secondes qui lui restaient, elle rassembla tout ce qu'elle savait afin de savoir vers où elle allait partir en courant. Cela faisait plusieurs mois que Tom réfléchissait à comment s'enfuir d'ici, il avait un plan, et il savait qu'après avoir retrouvé Mahlia, s'il voulait la garder en vie et ne pas mourir lui-même, ils allaient devoir fuir.

Minuit sonna, ils ouvrirent chacun leur porte, les refermèrent derrière eux et ils commencèrent à courir. Tom savait où il allait, Alice faisait confiance à son instinct. Mahlia était toujours inconsciente sur sa table, sans aucune surveillance. Le jeune homme atteignit vite la pièce dans laquelle elle était. Il crocheta la porte avec un objet qui était tombé de chariot d'un des infirmiers il y a plusieurs semaines. La porte finit par céder. Mahlia était là, étendue sur cette table, vivante ? Tom resta figé un petit moment avant d'être sûr que la poitrine de Mahlia se soulevait régulièrement, ce qui voulait dire quelle respirait, et donc que son cœur battait. Tom fut soulagé. Il s'approcha de la jeune fille et la réalité le rattrapa : ils étaient toujours dans le laboratoire. Il prit Mahlia dans ses bras pour la porter, et cet élan de bienveillance et de sécurité réveilla Mahlia. Elle enroula ses bras autour de son cou sans pour autant ouvrir les yeux. Elle n'avait même pas prit la peine de vérifier à qui appartenaient ces bras qui venaient de l'attraper. Elle avait confiance. Elle avait reconnu Tom.

Alice courrait toujours, puis elle tomba sur un couloir avec des portes vitrées de chaque côté de ce dernier. Une prison. Alexandre était probablement ici. Elle poussa la porte. Pas de garde. En même temps les portes vitrées ne pouvaient être ouvertes qu'avec une reconnaissance biologique d'Arthur. Alice s'avança et se retrouva face à Alexandre. Les yeux de ce dernier s'illuminèrent quand il croisa le regard de la jeune fille. Elle ne perdit pas de temps.

« Alexandre j'ai besoin que tu m'aides. »

- Tout ce que je pourrai faire, ma reine.

- Premièrement, pourquoi tu m'appelles « ma reine » ?

- J'étais sûr qu'Arthur ne divulguerait pas ce détail.

- Quel détail Alexandre ?

- Dans notre communauté, un roi est nommé quand sa mère était la précédente reine de sang, non l'épouse du roi. Et une reine est nommé lorsque son père était le précédent roi de sang. Arthur a eu le droit à la couronne car ta mère a supplié le roi de te laisser libre, hors de notre communauté. Mais tu es l'héritière de ce trône, pas ton demi-frère.

- Tu es le premier à dire qu'il est mon demi-frère et non mon frère.

- Tu es la seule fille du roi et de la reine. Il n'est que le fils du roi et de sa deuxième femme, qui ne sera jamais reine à nos yeux.

- Je peux réclamer mon trône et mes pouvoirs ?

- Bien sûr.

- Comment je peux faire ça, Alexandre ?

- Il suffit simplement que tu dises à Arthur que tu es l'unique fille du roi, et l'unique héritière. Mais il faut que cela soit fait devant une ou plusieurs personnes de la communauté, juste vous deux cela n'aura aucun impact. À voir si ces personnes sont plus attachées à leur faux roi, ou à leur reine.

- C'est risqué.

- C'est ton trône.

- Merci Alexandre, je promets d'essayer de te sortir de là.

- C'est un honneur de savoir que je partirai en étant celui qui a ramené notre reine. »

Alice sourit. Elle tourna les talons et partit le cœur lourd de laisser cet homme à son sort. Entre temps les hommes en charge de l'exécution de Mahlia étaient revenus pour finir ce qu'ils avaient commencé. Au vu de la disparition de Mahlia ils avaient dû prévenir Arthur. Ce dernier était donc à sa recherche, Alice était à la recherche d'Arthur et Tom à la recherche du bon couloir. Arrivé au bon endroit, Tom posa Mahlia qui était maintenant totalement réveillée, ils n'avaient échangé aucun mot jusque là. Tom souleva une dalle du faux plafond qui s'avérait être une trappe. Il en sortit une échelle qui menait au toit. Ils montèrent. Alice vit Mahlia monter et les rejoint. Puis Arthur aperçut Alice passer par l'échelle donc évidemment il la suivit.

Ils se retrouvèrent donc tous sur le toit du laboratoire. Arthur, Alice, Tom et Mahlia. Il y avait beaucoup de vent et on entendait les arbres bougeaient dans la forêt d'à côté. Arthur regarda Alice, étonné de la trouver ici. Alice le regarda avec un regard noir. Elle savait que c'était un menteur compulsif, mais là, il lui avait caché que toute cette communauté était son héritage.

CHAPITRE 30

« SI TU SAUTES, JE SAUTE. »

Des heures entières de marche étaient passées. Les jambes de Mathieu et de Clémence avançaient de manière automatique depuis qu'ils avaient dépassé les 6h de marche. Un bâtiment se dessinait à l'horizon derrière la forêt dense. Mathieu commença à ralentir puis s'arrêta. Clémence l'imita. Ils observèrent tous les deux la masse de béton menaçante qui apparaissait au loin. Tout devenait maintenant concret. Comment allaient-ils procéder maintenant qu'ils y étaient réellement. Clémence fut prise d'une poussée d'adrénaline et elle brisa le silence :

« Aller on y va, on a pas fait tout ça pour rien.

Elle se remit en marche. Mathieu fut surpris de cet élan de motivation, mais il suivit le pas.

- Tu as bien raison, on y va. »

Le bâtiment se rapprochait dangereusement vite. Mathieu était de plus en plus sur ses gardes. Il y avait deux possibilités : soit les personnes du laboratoire avait confiance en leur localisation et la sécutié du bâtiment en lui même serait faible, soit au vu de leur réflexion sur la localisation leur sécurité serait renforcée. Les deux jeunes amoureux arrivèrent à la lisière de la forêt. Les émotions qui les traversaient étaient vraiment indescriptibles et l'effort physique qu'ils venaient de faire ne les aider pas à remettre leurs idées en place. Tous les deux étaient repliés sur eux-même, les mains posées sur les genoux, le dos arrondi et la tête tournée vers le sol. Ils étaient essoufflés, épuisés alors que le réel enjeu était sur le point de commencer.

Clémence releva la tête. Son cœur manqua de s'arrêter. Elle reconnu au loin le carré blond d'Alice et les longs cheveux bouclés de Mahlia, toutes les deux postées sur le toit de l'immense bâtiment. Elle voulut hurler de terreur mais rien ne sortit de sa gorge. Mathieu mit quelques secondes à comprendre que Clémence n'était pas seulement entrain d'essayer de reprendre son souffle. Elle n'arrivait pas à formuler une phrase, même un simple mot refusait de sortir de sa bouche. Alors elle leva la main et pointa le toit avec le bout de son index. Le temps que Mathieu se tourne pour regarder ce qu'elle était en train de lui montrer, la jeune femme s'était déjà mise à courir vers le laboratoire sans avoir réfléchi au potentiel dispositif de sécurité qu'elle allait bien pouvoir rencontrer. Mathieu avait, lui, conscience de tout ça, mais il était incapable de la laisser partir seule. Il se mit donc à courir pour la rattraper. Du moins, pour ne pas la laisser seule dans le pétrin vers lequel elle fonçait tête baissée.

Aucun des quatre perchés sur le toit n'avait ouvert la bouche jusqu'à maintenant. Arthur prit la parole.

« Mahlia, Mahlia, Mahlia, soupira-t-il

- Il ne m'a jamais appelé par mon prénom, chuchota la jeune fille à son ami, qui lui répondit en la décalant derrière lui,

- Ce n'est pas bon signe à mon avis.

- Mahlia, mon sujet numéro un, ma petite prodige, celle en qui je plaçais absolument tous mes espoirs avant de me rendre compte du comportement que tu avais, de ton manque de respect envers l'autorité. Ma petite Mahlia je vais te raconter une histoire. Dans ma famille, famille royale, nous avons une tradition que l'on pourrait comparer aux baptêmes chez les chrétiens, le fait de verser de l'eau bénite sur la tête des bébés afin de les faire renaître aux yeux de Dieu. Chez nous c'est un petit peu la même chose, cependant on ne verse pas de l'eau sur la tête des bébés. Le jour de leur un an, les bébés royaux de notre communauté se font couper le petit doigt de la main droite, il leva son doigt en l'air en guise de preuve, et cela pour prouver au monde entier que peu importe ce qu'on nous enlève, on est voué à être de grande personne, à faire de grandes choses, et surtout à ne laisser aucune petite vermine irrespectueuse se mettre en travers de notre chemin. Mais ma chère petite Mahlia, avais-tu déjà remarqué que ta chère amie présente juste ici avait elle aussi une cicatrice sur le petit doigt de la main droite ?

Arthur avait attrapé le bras d'Alice si rapidement que cette dernière n'avait même pas eu le temps de s'en apercevoir. Mahlia n'arrivait pas à comprendre où il voulait en venir.

- Alice est ma sœur.

Mahlia eu l'impression que le monde s'effondrait. Elle ne savait plus comment respirer, ni même comment exister après cette révélation.

- Eh oui, Alice est ma sœur, mon sang, enfin ce que tu veux je te laisse le soin de choisir comment tu veux qualifier ta meilleure amie. D'ailleurs, pendant que tu vivais l'enfer, cette jolie cicatrice sur le doigt lui donnait le droit de se pavaner en magnifique robe, de manger ce qu'elle voulait, quand elle voulait, et surtout de se déplacer librement à travers toutes les infrastructures présentes ici. Mahlia regarda Alice avec une énorme sensation de trahison coincée au fond de la gorge. Alice elle, regardait son amie avec un regard qui demandait pardon, encore et encore. Puis le regarde de Mahlia se tourna vers Tom, qui ne comprit pas de suite pourquoi elle le regardait ainsi, puis elle se mit à regarder en direction de la main droite du jeune homme. Elle fit un pas en arrière.

- Toi aussi ? Tu m'as trahi » Demanda-t-elle complètement terrifiée. Elle bégayait. Elle commença à regretter d'avoir donné sa confiance à cet homme, après tout elle ne le connaissait pas du tout, leur seul point commun était qu'ils étaient tous les deux enfermés dans ce laboratoire, mais qui pouvait lui certifier qu'il ne travaillait pas avec Arthur et que sa mission était de gagner sa confiance pour finir par arriver exactement sur ce toit, tous les quatre.

Tom se mit à rire, sans plus pouvoir s'arrêter. Mahlia fut encore plus terrifiée. Elle regarda Alice, qui semblait perdue elle aussi, puis son regard se tourna vers Arthur qui ne semblait pas comprendre non plus. La peur de la jeune femme commença à laisser place à de l'incompréhension. Si Tom faisait parti des petits soldats d'Arthur, pourquoi ce dernier n'avait-il pas l'air si confiant que ça ? Une fois son fou-rire calmait, Tom reprit la parole.

« Absolument pas, Mahlia. Je ne suis pas et je ne serai jamais du côté de ce batard qui nous torture jour et nuit. C'était quand j'étais petit, le chien du voisin m'a bien mordu, et la cicatrice n'a jamais complètement disparu. »

Mahlia le regarda longtemps, elle observait ce que le corps du jeune homme lui racontait, est ce qu'il était en accord avec ses paroles. Le silence fut long et il pesa sur chacune des personnes présentes sur ce toit. Mahlia souhaitait de tout son être pouvoir faire confiance à cet homme. Cet homme qui l'avait aidée même si les risques étaient élevés. Son cœur battait si vite qu'elle avait l'impression qu'il allait déchirer sa cage thoracique.

Clémence et Mathieu venait d'arriver au pied du très haut grillage qui entourait le laboratoire. La jeune femme attrapa dans son sac une pince afin de commencer à le découper pour s'y frayer un chemin. Mathieu fut impressionné par la fluidité des gestes de Clémence. Puis son admiration se transforma en peur, elle était en mode pilote automatique, elle ne gérait plus rien, elle n'avait plus aucun contrôle de quoi que se soit. Et cet état ne pouvait mené qu'à une seule chose : la mise en danger. Il savait qu'il n'avait plus le choix et qu'il ne pouvait pas la quitter des yeux car elle pouvait très rapidement se mettre en danger. Elle coupa, fils après fils, encore et encore, jusqu'à avoir accès à l'autre côté de cette barrière. Puis elle se remit à courir.

Sur le toit l'atmosphère était de plus en plus pesante. Les doutes qu'avait Mahlia envers Tom s'étaient dissipés peu à peu, elle savait qu'elle pouvait avoir confiance en lui, il n'aurait pas pris tous ces risques sinon. Son regard se tourna vers Alice. Elle semblait perdue. Mais Mahlia ne comprenait pas pourquoi elle lui avait fait ça, pourquoi elle n'avait rien fait pour lui montrer qu'elle était en vie, qu'elle était de son côté. Pourquoi c'était elle qui l'avait piquée lors des tests ? Mahlia ne voyait qu'une seule explication plausible : elle était bel et bien la sœur d'Arhtur et elle était passée de son côté à lui, du mauvais côté, elle avait fait son choix. La colère commença à envahir chaque cellule du corps de Mahlia et elle ne put s'empêcher de se mettre à hurler de toutes ses forces :

« Toi ? Ma meilleure amie depuis tant d'années ? C'est toi qui m'a planté cette aiguille dans le cou pour me faire passer ces tests atroces dans lesquels j'étais enfermée je ne sais combien de temps, à souffrir, à agoniser ? Pendant que toi tu devais siroter une tasse de chocolat chaud derrière la vitre, à donner les ordres avec cette ordure, Mahlia pointa Arthur du doigt comme si plus rien ne pouvait lui arriver ce dernier laissa échapper un sourire et chuchota « une balle perdue pour moi », c'est toi qui m'a fait ça Alice, tu as été complice de mon calvaire.

La voix d'Alice tremblait, elle pleurait.

- Mahlia tu ne comprends pas, je n'avais pas le choix. J'étais la seule à pouvoir tenter quelque chose pour te sauver, pour nous sauver d'ici. Tu écoutes ce qu'Arthur dit maintenant ? Tu crois réellement que tout cela me plaisait ?

- Arthur est peut être une abomination mais au moins lui il ne s'en ai jamais caché, il n'a jamais joué de double jeu, il n'a pas été ma meilleure amie durant des années. C'est toi la traitre, c'est toi qui m'a abandonnée. Tu n'as même pas essayé de me faire comprendre que tu étais là, en vie et de mon côté.

- Mahlia j'ai fait tout ça parce que je t'aime !

- Oh arrête s'il te plaît n'essaie pas de me sortir la carte de la meilleure amie bienveillante maintenant, c'est finit tout ça !

- Non Mahlia, je ne t'aime pas de cette manière, je t'aime beaucoup plus…

Mahlia pâlit. Il ne lui fallut pas 100 ans pour comprendre ce qu'Alice était en train de lui avouer, mais elle ne put s'empêcher de la faire répéter.

- Qu'est ce que tu viens de dire Alice ?

Arthur se frottait les mains, il adorait la tournure que cette jolie petite discussion prenait, et puis il savait très bien que Mahlia allait mourir, ce qui rendait la chose d'autant plus intéressante.

- Je viens de te dire que je suis amoureuse de toi. »

Mahlia venait d'atteindre ses limites. La colère était trop grande, elle se jeta de toutes ses forces sur Alice. Arthur avait compris ce que Mahlia allait faire et même s'il trouvait la scène plutôt amusante, il avait besoin de sa sœur vivante. Il sortit un pistolet et tira sur Mahlia.

*   *   *

Tom était allongé sur Mahlia. Il l'avait poussé à temps pour qu'elle ne prenne pas la balle. Et lui non plus. Elle était sonnée et ne comprenait pas réellement ce qu'elle venait de vivre. Lui était bien conscient de ce qu'il venait de vivre. Tom releva sa tête et son regard dépassa à peine de son coude, de ses yeux émanait une haine incommensurable. Arthur venait de tenter de tuer Mahlia. La jeune fille était complètement pétrifiée, elle s'accrochait à Tom comme elle s'accrochait à la vie. Elle venait de frôler la mort et même si elle était une personne vraiment courageuse, à cet instant précis elle n'était plus qu'une petite fille apeurée. Et amoureuse. Elle regardait Tom, celui qui venait de risquer sa vie pour elle, encore une fois. Il était son pilier, son seul véritable allier, et toutes ces choses qu'ils avaient vécues ensemble depuis des semaines avaient éveillé en elle des sentiments bien plus fort que de l'amitié. Le visage du jeune homme se tourna vers Mahlia et son regard se radoucît instantanément. Il la regarda quelques secondes et il sut.

Tom embrassa Mahlia. Alice se décomposa. Jusqu'ici elle vivait dans le déni, elle était persuadée que si elle sauvait son amie cette dernière tomberait amoureuse d'elle. Et là son monde et son cœur se brisèrent tous les deux en même temps. Elle ne serait plus jamais la même qu'avant ce baiser, dont elle avait rêvé pendant des années. Au même moment, un des bras droit du directeur monta sur le toit. Alice se rappela de ce que lui avait dit l'homme qu'elle avait condamné à mort. Elle brisa le silence.

« Arthur, je suis l'unique fille du roi, et la seule héritière de ce trône. Je réclame ma couronne, mon royaume et ma famille. Je réclame ce qui m'est du et que l'on m'a volé depuis bien trop longtemps. Je réclame ce que mon cher frère m'a caché tout ce temps en faisant semblant que tout cela lui appartenait. »

Arthur baissa les yeux vers l'homme qui venait d'arriver sur le toit. Sa réaction à lui déterminerait la suite des événements. L'homme se prosterna devant Alice. Tout était fini pour Arthur, sa sœur venait de lui reprendre son trône. À ce moment là, d'autres hommes habillés en infirmiers montèrent sur le toit et se prosternèrent. Mahlia était terrifiée :

« Alice qu'est ce que tu fais ? On va s'en sortir, on va partir d'ici !

- Vous, oui. D'ailleurs vous avez grandement intérêt à partir rapidement. Je ne veux plus jamais voir te voir. Moi par contre, je vais rester ici et devenir reine de cette communauté, de ma famille.

- Alice tu peux pas faire ça ! Tu ne peux pas rester ici !

Alice se tourna vers Mahlia. Son attitude avait changé, sa posture reflétait l'assurance qu'elle incarnait, chacun de ses gestes témoignait d'une confiance inébranlable en elle-même. Alice reprit :

- Pour toi cet endroit est une prison, à mes yeux c'est un royaume qui s'offre à moi. A quoi bon rentrer avec vous, dans une maison qui n'est pas la mienne, avec une famille à laquelle je n'ai jamais vraiment appartenue, pour aller en cours alors que tout ce que j'ai besoin de savoir je vais l'apprendre ici. Maintenant partez, je ne veux plus de vous ici.

Pendant ce temps tous les anciens hommes d'Arthur s'étaient placés derrière Alice. Le pouvoir avait changé de côté. Arthur n'avait pas bougé, une rage comparable à un feu dévorant montait en lui. Tom quand à lui demanda à Mahlia si elle avait confiance en lui. Elle hocha la tête instinctivement. Ils se levèrent et le jeune homme lui prit la main avant de se mettre à courir. Le cœur de Mahlia se mit à battre violemment comme s'il voulait sortir de sa poitrine. Tom se précipitait vers le vide et Mahlia agrippa la main du jeune homme avec encore plus de fermeté sans pour autant s'arrêter.

Tom et Mahlia sautèrent dans le vide et un bruit de détonation retentit au même moment. Clémence s'arrêta net. Elle vit sa meilleure amie tomber dans le vide après ce grondement.

CHAPITRE 31

« CHACUN SA LIBERTÉ . »

Clémence ne respirait plus, une crise d'angoisse montait en elle. Mathieu l'attrapa juste avant qu'elle ne tombe à terre. Elle voulait hurler à plein poumon, mais aucun son ne sortait de sa bouche et l'air avait beaucoup de mal à entrer en elle. Son monde s'écroulait sous ses yeux, à si peu de temps, à seulement quelques petites secondes près. Mahlia venait de sauter dans le vide à quelques mètres de Clémence, Mathieu était complètement démuni et ne savait absolument pas quoi dire à Clémence. Ils y étaient presque, ils étaient devant le bâtiment, ils pouvaient presque le toucher et tout s'effondrait. Clémence pleurait toutes les larmes de son corps, elle était inconsolable, enveloppée d'une douleur profonde. Sa détresse se lisait sur son visage. Elle avait l'impression que le sol se dérobait sous ses pieds, tout ce qu'elle pensait solide et sûr s'effritait en un instant. Son cœur semblait être pris dans une tempête silencieuse et dévastatrice.

Une silhouette commençait à apparaître à l'horizon. Clémence désirait du plus profond de son être que le temps s'accélère afin de savoir qui était cette silhouette. Un homme. Les espoirs de la jeune fille disparaissaient. La silhouette masculine courait très vite et une autre silhouette la suivait, elle était encore trop loin pour distinguer qui cela pouvait être.

Mahlia.

C'était Mahlia. Accompagnée de Tom. Une décharge électrique parcourut tout le corps de Clémence, elle voulut s'élancer vers son amie. Mathieu lui attrapa le bras et la retint. Elle se retourna et le regarda avec surprise et presque déçue qu'il l'empêche de courir vers Mahlia.

« Ils sont en train de nous rejoindre. On va devoir fuir et rapidement, restons cachés."

Mahlia se rapprochait, de plus en plus. Clémence pouvait maintenant voir qu'elle avait minci, même qu'elle avait maigri. Son visage avait perdu de ces jolies couleurs, ses cheveux étaient tout ébouriffés, ses bras couverts de bleus. La jeune femme chassa ses images de ses pensées, Mahlia était en vie. Ils allaient devoir courir, et vite.

Mahlia ne prit pas une seconde pour réfléchir à quoi que ce soit, elle sauta au cou de son amie. Elle attendait cette étreinte depuis tellement longtemps, ça lui procura autant de soulagement qu'une bonne dose de morphine en intraveineuse.

Mathieu se sentit très mal de devoir mettre un terme à ce magnifique moment, mais leurs vies, à tous les quatre, en dépendaient. Le quatuor se mit donc à courir en direction du camp de base établi par l'inspecteur et son équipe.

Pendant ce temps, Alice était descendue du toit, suivie de sa nouvelle garde rapprochée. Elle allait convoquer toute la communauté sur la place afin de leur faire part des récents événements. Elle était leur reine, Arthur n'avait aucune légitimité au trône, il était sien. Finalement, le souhait de son demi-frère allait se réaliser : elle s'impliquait pleinement dans la communauté.

Le vrombissement des pales de l'hélicoptère résonnait dans le silence. Assise à côté d'une fenêtre, Mahlia observait le paysage qui défilait sous ses yeux. La forêt dense, les montagnes au loin, et le ciel teinté de nuances d'orange et de pourpre semblaient irréels. Pendant un instant, elle se demanda si elle ne rêvait pas. Si tout cela, cette liberté arrachée de justesse, n'était qu'une illusion créée par son esprit pour supporter l'insoutenable. Clémence, assise en face d'elle, tendit doucement la main pour attraper celle de Mahlia. Ce simple contact suffit à dissiper les doutes. Elle était là. Elles étaient ensemble, enfin. Mahlia inspira profondément, comme pour absorber chaque fragment de cet instant, chaque preuve réelle de sa libération. L'air n'avait jamais semblé aussi pur, aussi léger, même dans l'hélicoptère étouffant.

Elle passa une main dans ses cheveux ébouriffés, sentant les mèches rugueuses et emmêlées entre ses doigts. Elle était en vie. Les murs froids du laboratoire s'effaçaient peu à peu dans son esprit, remplacés par l'immensité de la nature à l'extérieur. Elle ferma les yeux un instant, mais les images revenaient : les seringues, les sangles, les visages sans âme des scientifiques qui l'avaient réduite à une simple expérience. Un frisson parcourut son dos, et elle serra la main de Clémence plus fort, comme pour s'ancrer dans le présent.

Pendant ce temps, Alice avançait d'un pas mesuré le long de l'allée principale du village. La communauté était rassemblée, formant une haie d'honneur silencieuse de part et d'autre du chemin. Des torches éclairaient la scène, projetant des ombres tremblantes sur le sol. Sa robe, un chef-d'œuvre de noirceur et de lumière, semblait avaler les flammes tout en renvoyant leur éclat en mille fragments scintillants. La dentelle délicate dessinait des motifs presque hypnotiques sur sa peau pâle, et les diamants incrustés captaient la moindre lumière. Elle était une vision d'autorité et de mystère, une reine dans toute sa splendeur.

Alice marchait avec une grâce froide, son regard fixé droit devant elle, vers l'estrade où trônait le siège qu'elle avait fait installer. C'était son moment, son couronnement. Elle ne ressentait qu'une détermination pure. Autour d'elle, les murmures s'éteignaient, remplacés par un silence presque religieux. Chaque pas semblait résonner comme une promesse, une déclaration de puissance. Alice avait pris ce qui lui revenait de droit.

Dans l'hélicoptère, Mahlia ouvrit à nouveau les yeux, son regard attiré par l'horizon. Le soleil disparaissait peu à peu, laissant place à un ciel bleu foncé. Elle se surprit à penser à la lumière. Celle qu'elle avait cru ne jamais revoir. Celle qu'elle croyait avoir perdue à jamais, enfermée dans cet enfer.

Elle se tourna vers Clémence et murmura :

« C'est fini, non ? L'enfer est fini ? »

Clémence hocha la tête, ses yeux brillants de larmes qu'elle retenait depuis trop longtemps.

« Oui, Mahlia. Tu es libre. Tu es en vie. »

Mathieu, assis près de la porte, veillait en silence. Il n'avait pas osé intervenir dans l'échange, conscient que ces mots étaient pour elles seules. Tom, quant à lui, observait Mahlia avec une admiration muette, comme s'il voyait en elle une force qu'il n'avait jamais soupçonnée.

Sur l'estrade, Alice se retourna pour faire face à la communauté. Des centaines de visages tournés vers elle, des regards emplis d'adoration, de crainte, de respect. Elle leva lentement les bras, ses manches amples tombant comme des ailes noires autour d'elle.

« Aujourd'hui, une nouvelle ère commence », déclara-t-elle d'une voix claire et assurée. « Une ère de force, de renouveau. Je suis votre reine, et sous mon règne, nous deviendrons invincibles. »

Un murmure d'approbation monta dans la foule. Alice sentit un frisson parcourir son corps. Pas de peur, non. D'exaltation. Elle les tenait entre ses mains, ces êtres perdus et fragiles qui avaient trouvé refuge dans la communauté. Ils étaient à elle, corps et âme.

Dans l'hélicoptère, le pilote annonça qu'ils allaient bientôt atteindre le camp de base. Mahlia sentit son cœur s'accélérer. Elle imaginait déjà les visages des gens qu'elle aimait, ceux qui avaient prié pour son retour, qui avaient cru en sa vie. Mais quelque part au fond d'elle, une part de doute persistait. Serait-elle jamais vraiment libre ? Les cicatrices sur son corps, sur son esprit, allaient-elles s'effacer avec le temps, ou resteraient-elles à jamais gravées, témoins silencieux de son enfer ?

Elle se força à inspirer profondément. Pas maintenant. Pas ici. Elle était vivante, c'était tout ce qui comptait. Elle serra la main de Clémence une dernière fois avant que l'hélicoptère ne commence sa descente.

Alice, toujours sur l'estrade, posa sa main sur l'accoudoir du trône. Ce n'était pas un simple siège. C'était un symbole. Un rappel de sa victoire sur Arthur, sur son passé, sur tous ceux qui avaient douté d'elle. Elle s'assit lentement, savourant chaque seconde. La couronne fut apportée par un jeune garçon tremblant, dont les yeux fixaient le sol avec une déférence totale. Alice tendit la main, et le métal froid de la couronne effleura sa peau. Lorsqu'elle la posa sur sa tête, une vague de chaleur l'envahit. Pas une chaleur rassurante. Une chaleur brûlante, consumante, comme si le pouvoir lui-même venait de s'incarner en elle.

L'hélicoptère atterrit avec un bruit sourd, et Mahlia sentit son cœur manquer un battement. Clémence l'aida à descendre, ses mains tremblantes d'émotion. Mathieu et Tom les suivirent de près, leurs regards scrutant les environs pour s'assurer que tout était en sécurité. Le camp grouillait d'activité. Des soldats, des médecins, des visages familiers et étrangers. Mahlia sentit une vague de soulagement la submerger en voyant un deuxième inspecteur, qui semblait connaitre Mathieu, venir à leur rencontre.

« Vous avez réussi », dit-il simplement, ses yeux brillants d'une émotion contenue.

Mahlia hocha la tête, incapable de parler. Ses jambes la portèrent malgré elle vers la tente principale, où elle savait qu'elle pourrait enfin respirer, enfin pleurer, enfin être.

Dans la communauté, la foule se dispersait lentement, laissant Alice seule sur l'estrade, sa silhouette noire se découpant contre le ciel étoilé.

Elle baissa les yeux vers ses mains, ornées de bagues scintillantes. Elle se demanda si c'était ça, la liberté. Pas l'évasion, pas la fuite, mais la maîtrise totale de son propre destin. Elle sourit, un sourire froid, calculé, qui ne touchait pas ses yeux.

Pour Alice, la liberté était un trône, une couronne, et une emprise inébranlable sur son royaume.

Pour Mahlia, la liberté était une fenêtre ouverte, un horizon infini.

ÉPILOGUE

Clémence posa sa tasse de thé sur la petite table en bois. Elle tremblait légèrement, mais son regard était décidé. Assise en face d'elle, Mahlia fixait le fond de sa propre tasse, cherchant ses mots.

« Je refuse de l'abandonner, Mahlia, murmura Clémence. Peu importe ce qu'elle a fait, ce n'est pas une raison pour qu'on baisse les bras. Alice a besoin de nous.

Mahlia releva la tête, les sourcils froncés.

- Ce n'est plus Alice, Clémence. Ce qu'elle a choisi, ce qu'elle est devenue... Elle a franchi une limite qu'on ne peut pas effacer. Elle s'est laissée entraîner dans leur monde, dans leurs mensonges. Et maintenant, elle se croit... leur reine.

- Justement ! répondit Clémence avec passion. On ne peut pas la laisser là-bas, pas comme ça. Si on retourne la chercher...

Mahlia secoua la tête, interrompant son amie.

- On ne peut pas la faire revenir, Clémence. Elle ne veut pas revenir. Ce "royaume" est tout ce qu'elle voit, tout ce qu'elle veut. Et crois-moi… elle n'est plus la même qu'avant. »

Un silence lourd s'installa entre elles, seulement troublé par le bruit du vent qui soufflait contre la fenêtre. Mahlia ferma les yeux un instant, comme pour chasser les souvenirs d'une amie qu'elle ne reconnaissait plus. Clémence, elle, serra les poings, bien décidée à ne pas laisser la conversation s'arrêter là.

Alice était assise sur son trône, dans une salle immense baignée d'une lumière froide. Sa couronne étincelait sur ses cheveux blonds, coupés désormais plus courts encore, comme pour marquer un nouveau départ. Son regard vairon brillait d'une autorité indiscutable.

« Je t'interdis de faire ça ! hurla Arthur, le visage rouge de colère. C'est une insulte à…

- Assez, coupa Alice, sa voix calme mais glaciale. J'ai pris ma décision.

Elle tourna son regard vers Alexandre, qui se tenait à genoux, entre deux gardes. Son visage était marqué par la fatigue et l'inquiétude, mais il releva les yeux lorsque la voix d'Alice résonna à nouveau.

- Alexandre est libre, déclara-t-elle d'un ton ferme. Et dès aujourd'hui, il occupera une place à la hauteur de ses talents.

Un murmure parcourut la salle. Arthur s'avança d'un pas, prêt à protester, mais Alice ne lui accorda pas un regard.

- Alexandre, continua-t-elle, désormais, tu es le cuisinier en chef de la reine.

Elle se pencha légèrement en avant, ses mains posées sur les accoudoirs du trône.

- Je tiens toujours mes promesses. »

Devant elle, Alexandre resta figé, entre incrédulité et soulagement, tandis qu'Arthur, tremblant de rage, quittait la pièce en claquant les portes. Alice, impassible, fixait un point au loin, un sourire indéchiffrable sur les lèvres.

Remerciements

Un grand merci à ma mère, qui m'a accompagnée tout au long de ce projet avec ses relectures attentives et ses précieux conseils. Ton aide n'a pas seulement rendu ce livre meilleur, était indispensable pour pouvoir le terminer

Merci à Lila Rose pour les dessins des chapitres. Ton travail apporte une vraie âme visuelle à cette histoire. Tu as réussi à capturer l'essence de chaque moment avec simplicité et talent.

Emma, merci infiniment pour cette couverture qui dépasse toutes mes attentes. Elle est plus que parfaite, elle incarne tout ce que cette histoire représente pour moi. Chaque détail, chaque nuance reflète l'univers que j'ai essayé de créer. Ton talent et ton engagement dans ce projet m'ont touchée, et je ne pourrai jamais assez te remercier pour le soin et l'amour que tu y as mis. Tu as vraiment donné vie à ce livre d'une manière extraordinaire.

Enfin, un énorme merci à Manon, ma meilleure amie, et à Dimitri, mon copain. Manon, tu es mon roc, mon repère, celle qui sait toujours quoi dire pour me rassurer ou me pousser à aller de l'avant. Dimitri, ton soutien inconditionnel, ta patience et ta capacité à croire en moi même quand j'en suis incapable m'ont permis de ne jamais baisser les bras. Vous êtes mes piliers, et je suis infiniment reconnaissante de vous avoir à mes côtés.

Et bien sûr, à vous, les lecteurs. Vous êtes la raison pour laquelle cette histoire existe et peut continuer à vivre. Votre soutien, vos retours et votre enthousiasme sont une source inépuisable d'énergie pour moi. C'est grâce à vous que tout cela prend sens. Merci d'avoir embarqué dans cet univers, d'avoir découvert ces personnages et de m'avoir permis de continuer à écrire. Votre fidélité et votre présence comptent plus que tout, et je suis honorée de pouvoir partager cette aventure avec vous.

Merci à vous tous, du fond du cœur.